夏日告白

Nothing's Gonna Change My Love for You

Sophia
尾巴
笭菁
晨羽 —— 著

目錄

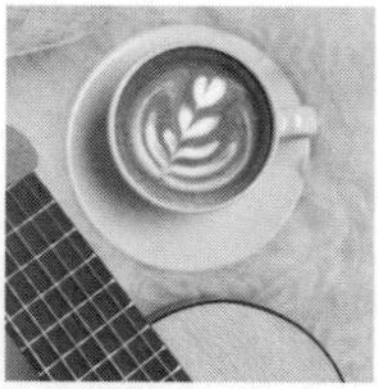

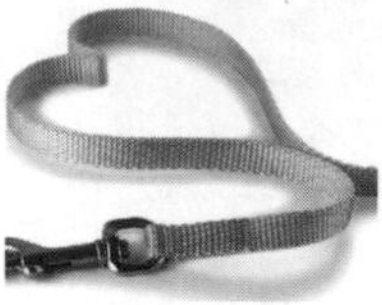

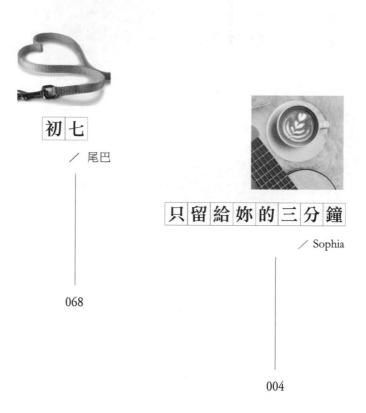

Nothing's Gonna Change My Love for You

只留給妳的三分鐘

／Sophia

「去你的鵲橋，去你的七夕，去你的一輩子非妳不可！」

仗著酒意，我用力將手中的鋁罐朝閃爍著光點的夜空拋去，看不見鋁罐飛行的拋物線，也聽不見鋁罐墜落的聲響。

大概，所謂的愛情也一樣。

即便傾盡全力，最終我們或許依舊只能站在一個看不見軌跡、也聽不見聲音的位置，卻清楚地知道那終究得墜落在地的結局。

淚水洶湧地從我眼眶中冒出，燦爛的星空糊成一片，但無論清晰或者模糊，我都分不出哪顆是織女星，也不知道哪顆是牛郎星，這也不重要，反正這兩顆星就算有一百座鵲橋也不可能走到彼此身邊。

即便兩個人一起踏上鵲橋，也不意味能夠走到最後。

一個小時前，我根本沒想過會在七夕這天被分手。

「牛郎星和織女星看起來離得那麼近，卻相隔了十六光年的距離，認真說起來，他們不僅沒辦法交會，甚至連接收到對方的光芒都已經過了十六年那麼久。」他說，「大多的事情，被時間覆蓋之後，都會變得不一樣。」

「在鵲橋正中央你的感想有點不合時宜吧。」

「妳總是這樣，像是手裡拿著一把弓，明明能射中靶心，卻在放手的瞬間下意識偏移了一點角度，對妳而言那可能被稱為餘地，但對我來說，一點一點的偏移，隨著時間的累積，最後就讓我們漸漸離得比十六光年還要遙遠。」

刻意被打亮的鵲橋讓我無比清晰地看見他的神情。

我忽然有點慌。

「無論是十六光年或是一百六十光年都是牛郎和織女的事吧，他們各自從鵲橋的另一端出發，誰也不知道中途會不會錯移了路徑，但是，」我斂下眼，卻設法扯開一如既往的笑。「我們是一起走上鵲橋的——」

「我們真的走的是相同的一座橋嗎？」

我臉上的微笑卡在未完成卻也忘記收回的尷尬境地。

「怡帆，我想今年我沒辦法陪妳走完這座鵲橋了。」

錯愕的我看著他轉身，在一對又一對相依的情侶之間，快步逆行而去，簡直像一條決心與整個世界對抗的鮭魚一樣。

而我，一個人站在鵲橋正中央，那瞬間感受到的既不是難過，也不是憤怒，而是想著我該和他一樣折返走回起點，又或獨自抵達終點。

不，我哪邊都不想選。

說到底兩個人走上鵲橋卻必須一個人離開，無論從哪個角度來看都不合理，差一點、就差那麼一點，我的理智線就要斷線——

乾脆從橋中央往下跳吧。

看了一眼波光粼粼的湖面，真可惜我不會游泳。

儘管往前往後都不是我要的選項，但人卻總是得做出抉擇，我不想踩著他拖曳的影子，就只能突兀地跟一堆情侶一起走完鵲橋。

情緒後知後覺地瘋狂湧上。

「鵲橋走到一半提分手，到底是哪來的創意啊！」

然而不管遭遇了多麼有創意的分手，每一場失戀大抵都是差不多的，最初的開始總是難以被接受、或者消化，最簡單的辦法就是利用酒精把一切大口大口地吞嚥而下。

直到分不清體內的難受是因為酒精，或者因為愛情。

反正，都是一樣的，氣泡會在身體深處一個一個破裂並且消逝。

剩下空蕩蕩的身軀以及被壓扁的空罐。

「哼，對方不要的愛情跟喝完的啤酒罐一樣，只能被扔進垃圾桶。」

「我就偏不要！」

於是我，在突如其來的失戀與猛烈竄升的酒精作用之下，徹底忘了自己其實是一個會隨手撿起路邊垃圾的好公民，衝動地舉起鋁罐，用力地將鋁罐朝夜空拋擲而去。

「去你的牛郎織女！」

……明明說好牽了彼此的手就永遠不放開的。

然而兩個人之間的永遠似乎比我所以為的更加短暫，在走上鵲橋之前，很久很久之前，久到我幾乎忘了和他上一次牽手的日子天氣究竟好不好。

明明我們一樣地見面，一樣地擁抱，也一樣地在每個晚上說了晚安。

我頹喪地滑坐在地，忍不住反覆問著「為什麼」，不知道過了多久，一雙白色運動鞋踏進了我的視野，模模糊糊的，卻在被夜色籠罩的草地上形成強烈的對比。

抬頭一看，一個看不清模樣的男人站在我面前。

忽然他朝我伸出手。

他彎下身，將一個冰冰涼涼的物體塞進我的掌心，只留下一句話便斷然轉身離去。

「垃圾記得做好分類。」

隔了很長一段時間我才回過神，低頭一看，才發現手裡拿的是我不久前扔出去的空鋁罐。

還有一包面紙。

我突然記起來自己的臉頰沾滿了淚水。

「現在是所有男人都想盡辦法展現創意嗎？」

「我只能說是磁場問題，」孟庭同情地搖了兩下頭，「在鵲橋上被分手，坐在地上哭得一場糊塗，接著遇到一個陌生男人對妳伸出手，居然不是要拉妳起來也不是要關心妳，而是要妳不要亂丟垃圾，哈哈哈——」

孟庭刺耳的笑聲讓我的宿醉更加難受。

「妳是要自己停下來，還是我拿抹布堵住妳的嘴？」

「能被堵住的是我的嘴，但是發生過的事不會因此被抹去，而且現實總是比妳以為的還要殘酷。」孟庭將她的手機遞給我，「比起妳從哪個地方突然得知，我覺得直接告訴妳比較好。」

螢幕上映現的畫面繽紛燦爛得灼人。

他和一個女孩親密地依偎在一起，我認出照片裡的背景是我們曾經去過的咖啡廳，當時還是我興致勃勃地纏著他陪我去，他說什麼了，對了，他說那裡並不是值得去第二次的地方。

大概，一個地方值不值得再去一趟，衡量的標準不過是同去的人是誰罷了。

「我不是替陳裕凱說話，但他們還沒在一起。」孟庭猶疑地停頓了幾秒鐘，「至少現在還沒在一起。」

我絲毫沒有懷疑這一點。

他是個非常果斷俐落的人，別說腳踏兩條船，就連一點曖昧他都會設法給出清晰的定義。

我特別羨慕這一點。

一直以來，我的生活總是有些迂迴有些曖昧，例如身旁的人都知道我喜歡甜食，但那也不過是種比較值，總歸是比起鹹食，有糖分的食物稍微吸引人一點，又或者櫥窗裡展示的耳環，因為喜歡，也許我會咬牙付出一筆超出預期的價格，但我也無法像孟庭一樣能忍耐缺貨三個月也要到手，也從沒感受過寧可啃一星期吐司也非得買下不可的熱情。

戀愛也是。

總是像四十度的白開水，吞嚥的瞬間有短暫的溫暖，卻品嚐不出什麼餘韻。

喜歡是必然的，但假如要上升到談論愛的層次，我總會遲疑那麼一兩秒鐘，或許，陳裕凱所謂的十六光年，便是從那樣一秒兩秒的停滯裡一點一點累積的。

兩個人的錯開，從來就是從細微的裂縫開始。

「晚上去巷口新開的那間餐酒館吧。」孟庭重重地拍了下我的肩膀，「不醉不歸。」

「妳忘了我只喝了一罐啤酒就丟臉了嗎？」

「那就喝兩罐，妳就是不夠醉才會記得那麼清楚。」

差點我就被說服了。

翻了個白眼，我沒好氣地把手機還給孟庭。「妳知道失戀的人為什麼需要攝取酒精嗎？」

「為什麼？」

「因為想延遲身體消化事實的速度。」我斂下眼，視線落在包包裡的鑰匙圈，上頭還掛著他家的鑰匙。「但是啊，所謂的難過並不會因為被切成十等分而變得比較輕巧，相反地，只會讓被切開來的難過更細密地滲進身體裡面。」

我淺淺地泛開一個笑容。

「陳裕凱這兩年一直想讓我學會的就是果斷俐落。」

只是我沒想到，我第一次展現出來的果斷俐落，竟然是用在將屬於他的東西悉數拍賣。

一旦將他的所有物通通清空，那麼曾經屬於他的感情也就能夠隨之消散了吧。

抱著吉他我站在熙攘的捷運站，人群來來去去卻只有我停頓在出口附近，不禁讓我回想起七夕獨自站在鵲橋上的困境。

任何帶有紀念性質的日子或者物品，無論原先的存在多麼稀鬆平常，都會被貼上不同顏色的標籤，連帶地會將其他相似的一切渲染成雷同的色彩。

真讓人鬱悶。

手上這把吉他也是。

是特地買給陳裕凱的生日禮物，恰巧在我被分手的第二天送到。

不能退貨。正如被說出口的分手無法被收回一樣。

乾脆將吉他放上網拍，抱持著速戰速決的心情，儘管是全新品，但價格直接設定了半價，非常不理智的行為，我收到一則又一則質疑真假的詢問信件，我想他們都不會明白，我真正想拋售的，是曾經殷切想替另一個人慶祝的感情。

「妳是要賣吉他的人嗎？」

一道清冷的嗓音在我後方落下，在喧鬧的背景音裡顯得格外突兀。

大概是我不小心陷入七夕那天的記憶裡，男人的聲音和語調幾乎要與那個要我做好垃圾分類的男人重合。

一定是想多了。

我緩慢轉身，站在我面前的是個穿著簡單白色T恤搭配合身深藍色牛仔褲的男人，像是會揹著吉他走在弘大或澀谷的類型，散發一點拒人於外的氣質，我頓了一下，想想還是沒必要營造友好的氛圍了。

「嗯，」我把吉他遞給他，「你檢查一下看有沒有問題。」

他沒有說話，骨節分明的手接過吉他，彷彿連一點多餘的動作都沒有，俐落地檢查起吉他的狀態，儘管是非常沉默的一段時間，但意外地沒有所謂的尷尬或者不安，我想大概是他太過專注了，簡直像在進行某個儀式一樣。

除了他以外的人都是局外人。

「沒有問題。」

「你要確定喔，我不接受退貨，商品介紹的標註寫得很清楚。」

「我知道。」

「那就這樣。」

如同我所說的，應該就到此為止了。

然而，我往前走了幾步，卻又突然旋身，看見他拉起吉他袋子的拉鍊，彷彿像我一輩子都再也跟屬於這把吉他的一切無關了一樣。

其實本來就該無關的。

但人總是這樣，縱使做好了割捨的準備，在最後的某一瞬間，突如其來的、會湧上一股近似於後悔的疼痛感，而那份痛楚會極為短暫的淹沒一個人的理智。

我喊住了他。

「我能聽聽那把吉他的聲音嗎？」

「這裡是捷運站。」

「也是。」

我垂下眼，視線落在他洗得非常乾淨的白色運動鞋，那雙鞋朝我走了兩步，我抬起頭，一張 DM 映入我的眼簾。

是一張酒吧的宣傳單。

「週末我會在這裡表演。」

「謝謝。」

「本來就是誰都能去的地方，沒必要跟我說謝謝。」他的唇畔忽然泛開若有似無的笑意，「雖然是酒吧也不一定要喝酒。」

什麼意思？

但男人沒有接續，甚至連充當道別的話語都沒有，乾淨俐落地邁開步伐，走向我，接著錯過我的身側，大步地走進流動的人群之中，逆向而行。

忽然我發現，或許只要腳步足夠堅定，即便是逆行也能成為自己的路。

但更多的時候，逆行只會被警察攔下來。

我看著有著陽光外表的帥氣警察板著臉開著罰單，那表情彷彿我犯了多麼十惡不赦的重罪，他嚴正地告誡我，無論多趕時間都不應該違規。

偏偏某人還瘋狂傳來催促的訊息，提示聲叮叮叮不間斷地響著，無可奈何下我只能點開通訊軟體。

孟庭扯著嗓子的吼叫猛然傳了過來。

「蘇怡帆妳在路上被男人拐走了嗎？快點過來，酒都幫妳點好了！」

很好，我會討厭語音訊息不是沒有道理的。

但我的喜好在這一刻不是最重要的，站在我面前的帥氣警察，他的眉心皺得簡直能擰出水來。

我只能揚起尷尬又不失禮貌的微笑，假裝他並不是那個意欲拐走我的男人，但下一秒我才知道，他在意的並不是孟庭誤打誤撞的調侃，而是——

「這位小姐，希望妳喝完酒之後不要騎機車。」

他冷冷地叮囑又勾起了七夕那天的回憶。

——垃圾記得做好分類。

我甩了甩頭，盡可能揮散那些不受控制浮現的畫面，大概，這也屬於失戀症候群的一環。

日常的任何風吹草動都輕易地能勾起七夕那天的一切，看著捷運站的人潮，會想起走過鵲橋的情人們，看見店家掛上的星星裝飾，會想起永不相交的牛郎織女，連警察的一句叮囑，都扯出七夕尾聲的那個陌生男人。

然而他已經不再是我的日常。

「小姐妳有聽見我說話嗎？」

「有，我絕對不會酒後騎車。絕對不會。」

我果斷忽視帥氣警察臉上明顯不相信我的表情，接過讓我一星期伙食費瞬間蒸發的罰單，小心翼翼地騎上機車，全程以不超過二十公里的速度前進，整個路途我都有種被監視的背後發涼感。

好不容易到了目的地。

當我踏進酒吧，手裡拿著飛鏢的孟庭幾乎要把我當作標靶。

「蘇怡帆，妳說的『等一下』就是一小時嗎？」

我沒好氣地翻了個白眼。

「妳只在乎結果，卻不知道我為了妳付出多少。」

整整一個星期的伙食費。

還有尷尬卻沒辦法退場也無法挖洞的三十分鐘。

「呵。」

孟庭給了我一個非常挑釁的假笑。

「只在乎過程不在乎結果這種話只是失敗者的自我安慰，不想拿第一幹嘛去參加比賽？不想要獎金何必交企劃？」

——不想走到最後又為什麼要談感情？

總感覺聽見了孟庭的弦外之音。

但也可能是我的過度解讀，被害妄想大概也是失戀症候群的徵狀之一，畢竟這陣子我連看到超市的蘋果都覺得它們在嘲笑我。

「反正妳就是遲到了。」孟庭把吧檯上的酒杯推到我面前，「今天妳請客。」

「妳別想。」

「不請客也可以。」孟庭忽然熱情地搭住我的肩，「等一下我高中同學也會來，妳好好跟他聊一聊，妳先不要拒絕，要不是他剛好在附近有事，根本不可能約到他，他就是那種每個人一生中都會遇到的超難約的咖，但妳這麼巧就搭上線了，這就叫做緣分。」

我想說些什麼，但看見孟庭手裡還抓著飛鏢就先算了。

「既然緣分來了就應該抓住，那些被套上過去式的男人連多看一眼都不值得。」

「喔。」

我不置可否地應了聲，但孟庭並不在乎我的敷衍。

孟庭是個能夠極其快速消化感情的人，錢沒了就再賺，男人沒了就再找，人生或許有獨一無二的那個人，卻沒有無法取代的位置。

所謂的男友，有了一號就能有二號三號，跨越失戀最好的辦法就是尋覓下一段戀情，不是藉另一個來抹去前男友，而是將自己的心理狀態從「失去」調整成「期待」。

我適應不了孟庭的理論，但她是個過度我行我素的人，縱使伸手抵著她的額頭森冷地拒絕，她依然會將自己的意志貫徹到底，與其哪天在毫無防備的狀態下被迫來個「偶遇」，不如做好心理準備直球對決。

但一想起那張躺在茶几上的DM，我心裡總感到有些可惜。

「說不定我應該去看表演的。」端起酒杯，我輕輕抿了一口。「大概永遠沒辦法聽見那把吉他的聲音了。」

那樣也好。

偶爾我們站在岔路口，以為面前的兩條路錯開之後，便再也不會有交會的可能，卻總是在不期然的某個瞬間，發現兩條路竟又再次重合，這時候我們才意識到，岔開的其實並不是這條路和那條路，而是做出選擇的我們。

而人一旦做出了決定，就必須承擔相應的後果。

例如和面無表情的男人面對面乾坐。

「你要吃點什麼嗎？這裡的洋蔥圈滿好吃的。」

「我不吃油炸物。」

好吧，果然是一點也不拖泥帶水的類型。

「沒關係，我吃。」

我還是非常堅定地點了一盤洋蔥圈，順便續了一杯酒，任何尷尬的情境都能被酒精打破，如果一杯不行，那就兩杯。

餐點送來的空隙，微妙的沉默再度蔓延在我和他之間，在喧鬧的酒吧裡我和他簡直像是被放在紅蘿蔔菜園裡的南瓜，正當我靠著南瓜的意象試著度過尷尬，視線不經意滑過被他擺在一旁的吉他。

還是我三天前賣出去的那把吉他。

——說不定那把吉他是所謂受詛咒的吉他，兜兜轉轉終究會繞回原點。受詛咒的應該是我。

存了幾個月的錢，好不容易買下吉他想給陳裕凱一個難忘的生日驚喜，先收到分手驚嚇的卻是我，不想觸景傷情，低價草草把吉他給拍賣了，卻又突然情感氾濫，對著一個陌生人拋出想聽吉他聲音這種幾近搭訕的要求，意外拿到了對方演出的 DM，卻又華麗地爽約。

到此為止也就罷了，畢竟兩個陌生人就算未來真在路上擦肩而過也不會停下腳步打招呼。

沒想到，他居然就是孟庭號稱非常難約的那個高中同學。

差點我就要脫口而出，「既然你有非常難約的人設，就應該貫徹到底啊！」

不、不應該遷怒他，他從頭到尾都是無辜的，該被倒吊鞭打的是孟庭。

在我行事曆今天的日期欄位，確實標註著「表演」兩個字，而我結束工作後也騎上機車前往演出的酒吧，孟庭卻突然打來電話，並且施展了「不來就沒把我當朋友」的情緒勒索技巧，迫使我硬生生切換路徑，不僅收穫了帥氣警察冷颼颼的目光，還得面對無辜被我爽約的男人。

然而，任何的解釋都太多了。

畢竟也就是一場誰都能去又或誰都能夠不去的演出。

說也不是，不說也不是。

人生最難的大抵就是困在進退不得的境地。

更糟糕的是，用來降低尷尬感的洋蔥圈一不小心就被我吃光了。

算了，反正我已經是個受詛咒的女人了，也不怕更多的什麼突然降臨了。

「那個，我不知道孟庭對你說了什麼，但無論是什麼都不是我的意思，而我也沒有那樣的意思。」

「妳不知道她說了什麼，怎麼能夠斷定跟妳的想法完全不一樣？」

「大概是因為她是個表裡如一的人吧。」

「所以妳不是嗎？」

「當一個表裡如一的人是件非常困難的事，與其說我是或者不是，不如說孟庭是個很值得佩服的人。」

忽然他意味不明地笑了。

纖長的手指搖晃著高腳杯，淺藍色的液體表面彷彿不停歇的浪潮，撲打在我有些恍惚的意識之上。

「妳似乎很擅長避開問題。」

——妳總是這樣，像是手裡拿著一把弓，明明能射中靶心，卻在放手的瞬間下意識偏移了一點角度，對妳而言那可能被稱為餘地，但對我來說，一點一點的偏移，隨著時間的累積，最後就讓我們漸漸離得比十六光年還要遙遠。

我自嘲地笑了。

「像這樣清清楚楚地被說出在迴避問題，還能算擅長嗎？」

我猛然從高腳椅上跳下，酒精的熱氣彷彿正在蒸騰，不足以讓人喪失理智，卻膨脹了情感的強度。

「我啊，本來已經在去聽你演出的路上了，但整個路程我都拚命尋找著能夠按下剎車的理由，剛好孟庭打電話來了，那時的我已經到了酒吧外了，只差把車熄火了，就算是這樣我仍舊是掉頭離開了。」我的視線從他的臉上移往吉他，「你知道人為什麼需要迴避問題嗎？不是想要，而是需要，因為我們迫切想要得到答案，卻又明白自己承受不起答案。」

「既然如此，為什麼要對我說這些？」

「大概，是因為走出這間酒吧之後，我和你就不會再有交集了。」拎起包包，我給了他一個淺笑。「你沒吃到洋蔥圈真的很可惜。」

留下充當道別的句子，我邁開腳步準備離開，才走了兩步卻感覺手被扯住，我詫異地旋身，看見的是他唇角似笑非笑的弧度。

我想起來，在捷運站將吉他交給他那一天也看過相同的表情。

「兩個人之間的交集，不是其中一個人說了算的。」

「你想說什麼？」

「我不是一個相信巧合的人，生活中所謂的巧合不過是人還沒掌握到背後發展的脈絡，我突然開始好奇，我和妳之間串連的脈絡到底會是什麼？」

「你是孟庭的朋友，你看見拍賣吉他的訊息背後的脈絡是演算法，我們見面也是孟庭一手安排，像你說的，不是巧合，也沒有值得令人好奇的部分。」

「短短一星期見到妳三次，不夠引起人好奇嗎？」

我愣了一下。

——三次？

「妳做好垃圾分類了嗎？」

哐噹一聲，那天拋擲而出的鋁罐彷彿這一刻才落下，狠狠地砸中我的腦袋。我的雙眼不受控制地瞪大，他醇厚的嗓音逐漸與記憶的聲線疊合，似笑非笑的神情，最後是那雙洗得太過乾淨的白色運動鞋。

「你……」

他揚起漂亮到太過容易引人遐想的唇，這次的笑意清清楚楚。

「如果一星期內我們見到第四次面，我就約妳吃飯。」

「能在一星期內見到四次面的陌生人，只有早餐店阿姨跟樓下超商的工讀生。」

蹲在地上，我仔細地將新進的信封袋擺上貨架，忍不住想著，越實用的商品被擺放的位置就越往深處，即便手裡捏著一張待買清單，注意力仍舊不可避免地受到各色新奇或者繽紛的東西吸引，於是大多數分了心神的人們，最終拿取真正需要的物品時，心中卻難免湧上一絲可惜。

那一抹可惜悄悄埋在心底，安靜等待著人心的裂縫，一點一點地滲入，終究會有某一天，曾經真正需要的存在，成為了能被捨棄的東西。變質的總是人心。

我跟陳裕凱，兩個人的心或許正是這樣安靜地質變。

接受了毫無預警被分手的震撼後，我才後知後覺地發現，自己的心情有一點傷心，有一點可惜，卻又有一點這樣也好。

「請問，七月份的雜誌擺在哪裡？」

忽然一道聲音打斷了我神遊的思緒，我想起身卻發現腳有點麻，只好維持蹲姿抬起頭，揚起恰到好處的笑容。

「非當期的雜誌都在最左側的書櫃，你往……」

字句像扔出的石子，原本依循著完美的拋物線，卻陡然失重筆直向下墜落，我忽然又感覺腦袋一陣鈍痛，就是被想像中的鋁罐砸中的那個位置。

「我們又見面了。」他輕淺地說著，「這是第四次了。」

逆著光，男人昳麗的形貌像一道濃重的墨彩染上我的雙眼，他朝我伸出手，彷彿第一次相遇的那天，當時視野模糊的我看不清他的長相與神情，但此刻畫面清晰無比我卻仍舊看不明白。

我沒有承接他遞來的掌心。

然而他卻以不容抗拒的力道一把將我拉起，站起身後我才意識到兩個人在狹窄走道裡離得過於靠近。

「這次應該不是巧合了吧。」

「妳要怎麼定義所謂的巧合？」

屬於他的沐浴乳香氣隱約地浮動在空氣中，狹窄的走道，熱氣，味道，聲音的震動，無處不放大著他的存在。

有些人，光是一動也不動地站在原地，也能成為焦點。

「我從孟庭那裡知道妳在這裡工作。」我沒有回應他的問號，他卻毫不在意。

在我的定義裡，無論是偶然或者刻意都無所謂，命中注定也好，主動爭取也好，重要的是兩個人見到彼此了。

我最不擅長應付的就是直球對決的人了。

所以我決定提前結束比賽。

「你要找的過季雜誌在另一邊。」

「既然已經過季那也就不必太過急切了，人的心力總是要優先擺在當下的事物，畢竟，這世界上所有的一切，沒有一樣是不會改變的。」

「這樣的發言，在我聽起來就像三分鐘熱度。」我不自在地往後退了一步，「但我是一個連泡麵都認為三分鐘不夠的人。」

「上次妳沒來聽的那首曲子，正好三分鐘。」

什麼意思？

這男人不僅外貌散發著難以捉摸的氣息，連說話都富含隱喻並且跳躍，但我沒有追問，聽不懂就聽不懂吧，人和人之間的關係，往往都源於一方有了好奇、並且開始追究，繼而產生了關聯。

直白一點，就是不管他撒了多少餌，不去咬就不會上鉤。

然而我忘了，有些人手裡拿的並不是釣竿，而是漁網。

「同一把吉他能彈出一首又一首三分鐘的曲子，又或者，同一首曲子也會有不一樣溫度，人生有很多三分鐘，對我來說，每個三分鐘都需要熱度。」他幽黑的雙眼筆直地盯視著我，「妳可以開始計時，我和妳之間會有多少個三分鐘。」

不得不說，像他這樣清冷的男人，以淡漠的口吻說出濃烈的字句，強烈的反差幾乎要讓人招架不住。

但我是誰？

我是一個剛失戀的女人，這時候的女人有兩種極端的狀態，不是特別容易入坑，就是防禦力格外堅強。

我恰好是後者。

「很不巧，我是不戴手錶的類型。」

但手機有內建馬錶功能。

三分鐘零一秒。

我掀開泡麵碗蓋，蒸騰的熱氣讓非常不健康的美好氣味瀰漫在小小的房間內，只是我擁有傳說中的貓舌，從來無法在泡麵最佳賞味的瞬間吃到。

一邊將麵條吹涼，另一手瘋狂撥打同一個號碼，採取響一聲就掛掉的策略，力求以最擾人的方式，讓對方在接起電話前，就強烈感受到我的不滿。

在我即將掛掉第三十二通電話時，一道失控又尖銳的嗓音以幾乎撕裂空間的氣勢拋射而來。

「蘇怡帆我又哪裡惹到妳了？不爽就直說，不要每次都搞這種噁心人的小動作！」

彼此彼此。

我跟孟庭簡直是相愛相殺的代名詞，無論是外型打扮、興趣喜好或是食物口味都截然不同，但比起兩個人的性格落差，這些都不算什麼。

她個性直接衝動又有點固執，比起多考慮一秒，她更奉行先行動再判斷；我恰好相反，我總是顧慮得太多又思考得太久，行事顯得迂迴又優柔寡斷，如果要找個比喻的話，就是我和她同時從服務生接過菜單，當她已經吃完鬆餅準備付錢離開，我可能才剛結束草莓口味和巧克力口味的抉擇。

在外人眼中我和她是完美互補的閨密，但更多時候，我們更擅長狠踩對方的死穴。

畢竟削弱對方的戰鬥力才能讓自己佔上風。

「那傢伙到底是怎麼回事？」

「誰啦？話能不能一口氣說清楚啊，每次都要這樣繞來繞去，比起那些渣男，我的青春更多是被妳耗掉的。」

「呵呵，要我幫妳的魚腦回想一下，那些能排一長串的渣男一號二號三號……」

「蘇怡帆妳信不信我半小時內就殺到妳家揍妳！」

見好就收。

讓孟庭的怒氣卡在不爽到快要爆炸，卻還達不到爆炸閾值的程度就好。

「妳的高中同學。」我狠狠咬了一口泡麵，「我已經說了，妳那套找新戀愛來揮別情傷的招數對我沒用，星期六妳已經搞我一次了，不要連我上班都來亂！」

「妳是說，鍾慕軒去找妳了？」

孟庭的語調從不耐煩急速轉換成錯愕，又在尾端揚起曖昧又好奇的弧度。以我對孟庭的認識，除非砍掉重練，否則絕對無法演繹如此細膩的轉折，也就是說，那男人的行動與孟庭無關。

「我的意思是，上次已經配合過妳了，為了防止妳繼續擾亂我的生活作息，不會再有下一次了。」

另一端傳來不屑的兩聲呵呵。

「蘇怡帆，我比妳媽還了解妳，這世界上只有我不會中妳的招。」孟庭迫不及待地直奔問題核心，「所以鍾慕軒看上妳了？」

「什麼叫『看上』？說得好像我跟他階級不同一樣。」

「是這樣沒錯。」

「我們這一秒就絕交吧。」

「就算妳跟我絕交也改變不了階級差異，現實是很殘酷的。」

忍著把筷子折斷的衝動，認識孟庭的這二十年來，我第兩千七百九十八次後悔自己在小學一年級那天主動給了她一根棒棒糖。

咬著牙我恨恨地質問。

「那妳又何必浪費力氣安排我和他約會？」

「我也覺得他肯赴約太不思議了，比紅色月亮更像奇觀，就說了他超難約啊。」我聽見易開罐被打開的聲響，孟庭八成拿好啤酒準備以我的感情問題當配菜。「再說，妳不是一直對我轉移失戀的理論嗤之以鼻嗎，約他只是要讓妳明白，外邊有的是比陳裕凱更好的男人，但不代表妳把得上那些好男人啦。」

我感覺自己的失戀傷口還沒好，就會先被孟庭的發言毒死。

然而，正當我決定掛斷電話之際，她又補了一刀。

「不過認真想想，他對妳感興趣也不是不可能，他的喜好一直都很微妙，啊、我記得他說過，比起完美的女人，他更喜歡有趣的女人。」

「——有趣？」

「反正，不管是什麼引起鍾慕軒的注意力，都算是贏在起跑點吧。」

很好。

我果斷地掛了電話。

並且用極快的手速傳了「我和妳絕交了」的訊息給她。

沒隔多久，螢幕亮起了訊息提示，上面寫著：「鍾慕軒說下次請妳喝啤酒配洋蔥圈。」

真是物以類聚。

我並不想給鍾慕軒任何的「下次」。

然而有些時候，越是站在舞台中央的人，越無法左右劇情的展開。

抱著頭我整個人埋在抱枕裡，腦袋裡有各種糟糕的字眼正奔騰而過，從某一刻起，有些什麼彷彿已經脫離了我的掌控。

又或者，其實我並沒有真正掌控那些我所以為的一切。

這類對我而言過於哲學的詰辯已經不重要了，我無力地翻了個身，癱躺在沙發上，突然覺得人生好艱難。

兩個人立場的翻轉偶爾不過是一瞬間的事罷了。

前一秒鐘還信誓旦旦說著，絕對不會應允鍾慕軒邀約的我，這一秒鐘卻成了必須主動邀他吃飯的人。

「到底為什麼要這樣對我……」

「這世界上的親情和友情難道都這麼薄弱嗎……」

沒錯，我人生中跌的坑，十之八九都有我媽或者孟庭在背後施力。

這一次更是她們兩個聯合出手。

簡單來說，就是某個不甘於看戲而跳下來搶著當編劇的女人，聯繫了資本雄厚足以左右劇情走向的高層，加油添醋地描述了不起眼女主角撞上言情小說般的情節，甚至、還約了搶手的男主角一起晚餐。

還傳來一張笑得春心蕩漾的合照。

——慕軒是個好孩子，我已經幫妳約了他吃飯，記得訂好餐廳聯絡人家，妳要是放人家鴿子，我就把妳的房間給皮皮當遊戲間。

皮皮是我家的狗。

很好，連狗都比我還有地位。

我不介意輸給一隻狗，但我不能讓出房間。

於是整個下午我都盯著孟庭給的電話號碼進行心理鬥爭。

嘆了口氣，我認命地用左手抓住右手，壯士斷腕般地準備按下撥出鍵，但我的手還懸在半空中，電話先一步響了起來。

是鍾慕軒。

「……喂？」

「星期天有空嗎？說了要約妳吃飯。」

你說約我就去嗎？

我一點也不想跟一個會冷冰冰叮囑一個獨自哭泣的女人做好垃圾分類的男人約會。

但以上的話我只能老實地嚥下，至少他遞來了一把梯子，讓被扔在高塔上無所適從的我能夠落地。

「有。」我不情願地回答，但追加了限制。「但只能抽出兩個小時。」

「四十個三分鐘，夠多了。」

另一端傳來他富有磁性的低笑，讓一次次被迫配合的我鬱悶不已，既然他覺得有趣，乾脆給他一個更有創意的約會。

「餐廳我來找，訂好會傳訊息告訴你地點。」

「好。」

「你就、好好地期待吧。」儘管他看不見，我仍舊揚起異常燦爛的微笑。「保證是你的每一個三分鐘都能繽紛燦爛。」

就怕你連一個三分鐘都撐不下去！

我沒想到，幾乎要承受不住的卻是我。

我環視著四周過於夢幻的裝潢與擺設，連客人的裝扮都顯得精緻華麗，坐在餐廳正中央的我和他，簡直像被擺在廣場中心公開處刑，不僅格格不入，還如坐針氈。

位置還是我特地指定的。

現實與想像的落差足以讓人跌落深谷，這不打緊，更諷刺的是當我驚慌墜落的同時，本想推他進陷阱的男人，卻有如在自家庭院裡一般悠閒自在地喝著大吉嶺紅茶。

「鬆餅擺太久味道就不一樣了。」鍾慕軒貼心地將鬆餅推到我面前，「妳的茶也快涼了。」

我人都快涼了哪還會在乎一杯茶？

看了眼比少女漫畫更加浮誇的鬆餅裝飾，以及光看就熱量爆炸的糖霜和奶油，我根本就是特地買了捕鼠器卻自己踩到的笨蛋。

而我那點心思更被對方一眼看穿。

「妳不需要在乎這張桌子以外的人事物，今天跟妳約會的是我。」他不合時宜地笑了，「無論妳樂不樂意。」

「既然你也知道我不是自願的，老實說我也不明白你想做什麼，如果是想追求有趣的事情，那就更不應該在我身上浪費時間，你說的，每一個三分鐘都很重要。」

我從包包裡拿出一包面紙擺在他的桌前。

七夕那天，連同被他撿回的啤酒罐，他一併將這包面紙塞進我的掌心，卻一句話也沒提過，微小而確實的溫柔在那晚替心寒的我燃起了火光，但我終究沒打開面紙。

「謝謝你，我一直想找機會說這句話，但這件事本來就不存在適當的時機。我很感激，只是我有攜帶面紙的習慣，你的好意我只能原封不動的歸還。」

斂下眼，我的視線落在桌上的刀叉上，被擦得晶亮的刀具倒映著周旁的繽紛色彩，但仔細一看卻什麼也無法辨識。

「生活裡多的是巧合，但大多數都像是每個星期都會一起搭車的人，再頻繁，也只是無關緊要的陌生人。」

他看了眼桌上的面紙，又將面紙推到我面前。

「有些時候，不是自己有沒有，而是需要從另一個人手中拿到些什麼。」

他說。

「就像那天，妳對我說想聽那把吉他的聲音。」

「但我……」

「就跟妳沒拆開面紙也無所謂一樣，我買了吉他，但卻正準備跟樂團的朋友拆夥，因為我越來越不確定，那些人之所以站在台下，是因為我的外貌，還是我的音樂。」他淺淺地笑了，「那時候我不知道妳沒到，但彈奏那首曲子的三分鐘，對我而言非常重要。」

他堅定而清晰的話語拋擲而來。

「有些巧合是無關緊要，但也有些巧合，足以讓一個人成為他自己。」

這一瞬間，我忽然想，也許他能在充滿夢幻氣息的場域裡自在地喝茶，並不是因為他的心理素質堅強，而是他本身就是比周遭更加繽紛燦爛的存在。

「而我，一旦確定了目標，就會筆直地往前走去。」

鍾慕軒的身影在我腦中揮之不去。

人往往追逐著自己無法成為的模樣，他堅定而毫無遮掩的雙眼，像直視太陽之後，閉上眼也能強烈感受光點的殘影。

「請問，七月的雜誌放在哪裡呢？」

我猛然回頭，揪緊的心臟頓時鬆了開來，我勉強扯開笑容，比了左邊的方向。「過季雜誌都在最裡面的書櫃上。」

對方離開後，我忍不住翻了個白眼。

「哪裡來的那麼多人在找七月的雜誌！」

「大概是巧合。」

「別再說『巧合』這兩個字了，我聽了就頭痛。」工讀生一臉困惑地看著我，我搖頭沒想多做解釋。「時間差不多了，我先下班了。」

還沒走到休息室，孟庭就傳來一則沒頭沒尾的訊息，照樣是霸道的命令句。

——今天下班回家走公園那條路。

意味不明。

我猶豫一分鐘之後，還是順著孟庭的意思踏上平時不走的路，就算我不理會，她有的是辦法逼我掉頭重新繞回那條路。

「有什麼活動嗎？」

剛走近公園，就看見不遠處聚集了人潮，我有些好奇地走近，溫柔的音樂聲傳了過來，清透的嗓音唱著一首我沒聽過的歌，人群遮擋住了我的視線，我繞行了一大圈，終於透過縫隙窺見裡頭的光景。

竟然是鍾慕軒。

隔著約莫十公尺的距離，他的歌聲卻彷彿在我耳畔，他說，那首曲子正好三分鐘，但他的每個三分鐘都是不同的，我忽然想，我所錯過的他會是什麼模樣？

他唱了好幾首歌，沒一首是我聽過的，我後知後覺地意識到，那大概是他的自創曲。

——在沒有光的隧道，我依然能走往妳的方向。

連歌詞都特別有他的風格。

不知道過了多久，歌聲停了，人潮漸漸散去，我趁著人群轉身離開，不想和他太快碰面。

那天鍾慕軒幾乎要挑明「我就是打算追妳」，在話被說破之前我搶先找了藉口草草結束約會，然而我的舉動卻更欲蓋彌彰。

沒辦法，我說過我最不擅長的就是直球對決，何況我才剛結束一段感情，我連自己到底脫離失戀症候群了沒都不確定，根本不可能理智地對另一個人的感情做出判斷。

「蘇怡帆。」

腳步一頓，我有些僵硬地回頭，預期之外卻也在意料之中，鍾慕軒踩著穩健的步伐朝我走來。

我早該跟孟庭絕交的。

「想說你在忙我就沒打招呼了，」我乾笑兩聲給出蒼白的解釋，「你的歌聲比我想像的還要好聽。」

「我以為妳在意的會是吉他的聲音。」

我愣了一下。

從剛剛到他提起之前，我甚至沒有記起那把吉他。

但他沒有繼續追問，反而遞給我一張 DM，相同的酒吧，另一場表演。

「這次的曲子一樣三分鐘。」

「為了那三分鐘我要花上十倍的路程，聽起來不是很划算。」

他忍不住笑了出來。

「妳來了請妳喝酒，垃圾分類也我來做。」

能不能不要再提垃圾分類了！

一定是報應，以至於我不得不提著回收追著垃圾車跑。

好不容易在路口順利扔了垃圾，下一秒就被孟庭像拎著大型回收物一樣，把我拖到她那輛還有三年車貸的紅色小車旁，暴力地將我塞進車內。

「妳做什麼啦？」

「帶妳去聽鍾慕軒表演。」

「要去妳自己去。」

「蘇怡帆，我跟妳說，就算只是逢場作戲，像鍾慕軒這種等級的菜放在妳面前，妳不夾起來吃幾口根本是對不起社會。」

「妳愛吃去吃，不要拉我下水。」

「但他就不知道眼睛哪裡有問題看上妳啊。」孟庭不解地搖頭，下一秒猛然踩下油門，完全沒有商量空間。「身為妳的閨密，我不能讓妳錯過機會。」

我不需要這種機會。

拜託給我多一點時間，讓我好好沉浸在失戀的餘韻裡可以嗎？

我並不想那麼快振作起來。

「妳、立、刻、放、我、下、車！」

我的大喊只帶來反效果，孟庭的車速又加快了一點，在我以為自己來不及交代遺言的時候，她又猛踩剎車，安全帶緊緊勒住我的身體，勉強讓我留在座椅上頭。

才一眨眼，我和孟庭就到了酒吧門口。

「妳要用自己的雙腳走進去，還是我拖著妳走進去？」

「感情的事拜託妳不要瞎攪和好不好……」

「妳很快就會知道我是為了妳好。」

「這是我媽的台詞好嗎？根本是情緒勒索的標配台詞……好，我自己下車，妳不要過來。」

從小到大都一樣，當我的意志和孟庭的期望相左，無論過程如何曲折，最終都是由孟庭施展武力，強制扭轉成她要的結果，後來我就乾脆省略過程了。

拖著腳步我龜速地走進酒吧。

我沒打算來的。

但孟庭一個使力，拉著我穿越人群，筆直地走向舞台，我一抬頭就對上一雙深邃的眼。

……妳來了。

他漂亮的唇緩慢地開合。

隨著音樂聲劃破喧鬧後的寧靜，比在公園清冷一些的歌聲竄進我的胸口，一個字一個字，都留下濃重的痕跡。

我真的沒打算來的。

因為我的心某些隱微的部分，已經不由自主地受到鍾慕軒牽動，這讓我感到危險與不安，必須拉開距離，不要有更多的糾葛，太過急促的情感，從來就不是我的選項。

況且，我總想著他的三分鐘，或許在哪一刻就不再繼續了。

我終究沒讓鍾慕軒請我喝酒。

穿著家居服就被拖到酒吧的我，敷衍地用「家裡除濕機沒關」的理由打算退場，沒想到人是順利離開酒吧了，卻仍舊沒有脫身。

八成孟庭將我塞進車子裡之前已經算好了這一點。

於是我不得不坐上他的機車，猶豫著該像小女生一樣抓著他的衣襬，或是安全至上咬牙環抱住他的腰，在我左右搖擺之際，他乾脆地拉起我的手抱住他，突如其來的貼靠讓我一時間反應不過來。

「抱緊。」

他的強勢反而激起了我的逆反心態，方才的猶豫頓時如浮雲，我果斷地拉開兩人距離，刻意以誇張的動作扯住他的衣服。

「這種車速這樣就夠了。」

「是嗎？」

儘管他背對著我，但他低調卻濃厚的笑意隨著風飄送而來，我還沉浸在扳回一城的自我優越感之中，他便陡然催動油門，上一刻顯得和緩的微風頓時瘋狂撲打我的身軀，我下意識環抱住他的腰際，這次，他的笑清晰地透過身體的震動傳遞而來。

「卑鄙。」

「大多時候，人根本不需要在各種選擇中糾結，聽從直覺才能得到最貼合妳需要的答案。」

「主動選擇和被迫妥協完全是兩回事！」

「那妳說，愛情到底是一種主動，還是一種不得不？」

因為車速的關係，我和他必須以大喊的方式對話，於是他的話語彷彿夾帶著某種比日常更強悍的強勢，擠壓著我的意識。

人從來就無法控制體內蒸騰而上的感情，甚至細水長流或者一眼陷落都不是選擇。

七夕那天其實是有後續的。

他替我撿起鋁罐後，我握著他給的那包面紙，終於失控地號哭了出來，不是之前那些混著一點傷心、一點不甘還有一點憤怒的淚水，而是藏匿在內心深處的疼痛被他伸出的那隻手猛然拉扯而出。

本來想獨自舔舐傷口，不知道哪裡冒出來的人不容抗拒地遞來一份溫柔，隱約又微小，卻恰好撫上那道傷。

我哭了很長一段時間，簡直像要把靈魂都掏空的程度，想起該回家的時候幾乎站不起身，我忍受著猛烈的虛脫感，踉踉蹌蹌地邁開腳步，還狼狽地跌了一跤。

卻也是那一跤，讓我不小心看見那雙洗得過分乾淨的白色運動鞋。

我的眼淚又控制不住地掉了下來。

原來，在我自以為被沒有盡頭的黑暗包圍的漫漫長夜裡，竟然有個人沉默地站在影子裡守著我，來自陌生人的面紙是能被負荷的重量，整夜的陪伴卻不是我承受得起的溫柔。

所以我假裝什麼也沒察覺。

他也沒有提及。

一直到了現在他仍舊沒有提起。

卻更因為如此，那份被藏匿而起的溫柔，既無法道謝也沒辦法回報，擠壓在內心的情緒讓我在面對他時總是特別複雜。

從一開始，他便以和任何人都不同的姿態走進我的世界。

我沒有回應鍾慕軒扔出的提問，卻陷入一陣悠長的沉默，直到他將機車停在我的住處門外，我依然沒有回神。

「看來妳總是把事情想得太複雜。」

他輕輕敲了我頭上的安全帽，調侃地看著我笑，愣了一會兒我才反應過來他的意思。

——那妳說，愛情到底是一種主動，還是一種不得不？

「那你的答案呢？」

「我不知道。」他彎下身，雙眼和我平視，那雙眼在夜裡顯得過於深邃。「我只知道一個人想要什麼樣的愛情，就會給出什麼樣的答案。」

他說。

「而我，是前者。」

——我是主動走向妳的。

他話語的弦外之音簡直像老舊教室的電扇，無論換到哪個位置都躲不開扇葉旋轉的聲音，但開關的控制權又不在我的手上。

但我明白，自己無法逃躲的原因不僅僅源於他的強烈存在感，更是他的詰問彷彿一支精準射中紅心的飛鏢。

一直以來，在愛情裡我總是被動的那一方，當然會為了獲得對方的好感付出行動，但所謂的開始卻都是對方起的頭，儘管沒有明說，但多少傳遞一種「因為喜歡上了這也沒辦法」的態度。

「如果我沒有先告白，妳會主動靠近我嗎？」

陳裕凱這樣問過我，但當時我並沒有多想，漫不經心地回答：「大概會吧，畢竟喜歡上了啊。」

「妳不能堅定一點嗎？就算只是一種想像中的答案。」

或許，我缺乏的那一點堅定，正是我和陳裕凱逐漸錯開的主因，但有太多事總是在失去後才能看得清楚。

我忽然想好好地跟陳裕凱說聲對不起。

第一次我沒有多做考慮，按下早已背下的號碼，撥通後我才想到，也許自己根本不應該聯繫所謂的前男友。

但在我即將打退堂鼓的前一刻，電話被接起了，是一道陌生的女人聲音。

「請問是陳裕凱先生的家屬嗎？」

「喔、是。」

因為他的家人長年住在國外，交往的兩年間，我充當了不少次他的「家屬」，一不小心就這樣回答了，只是對方沒有留給我更改答案的餘裕。

「他剛出手術室，最好有家屬陪在旁邊。」

趕到醫院的時候陳裕凱還在昏睡。

據說他出了車禍，證件上沒有聯絡資料，手機又上了鎖，我是第一個打來電話的人。

不管是顧念過去的感情，或者基於道義，我都無法放任他一個人躺在冷冰冰的病房裡，但我沒想到他能整整睡了一夜。

「怡帆？」

我下意識揉了揉眼睛，冰涼的空氣讓我忍不住打了個噴嚏，這下我徹底醒了，卻毫不在意形象又打了大大的呵欠。

「醫生說你的左手斷了，左腳也有點骨裂，需要休息一段時間。」我替他倒了杯水，「我先替你請了兩天的假，之後的事你自己處理。」

「謝謝。」

「這麼客套有點噁心耶。」

他笑了，「我以為妳看到我之後會狠狠打我一頓。」

「因為你很有創意在鵲橋上提分手嗎？」

「嗯，這個提案我可是想了整整一個月。」

「謝謝你讓我知道你籌謀分手很久了，」又補了一刀。」

我本來以為，分手之後的相見會尷尬，又或者會有難過與憤怒，但意外地兩個人只是退到線後，回到交往之前的距離。

不是每份感情結束後都能如此幸運。

但這不代表我不能進行一點報復，我走到他的身邊，揚起燦爛笑容，伸手戳了戳他的右手，右手沒有骨折，但有擦傷啊。

他吃痛地倒吸一口氣，盡可能地後退拉開跟我的距離。

「妳電話響了。」

「我以為你很有創意。」

「是真的響了。」

果然，震動聲傳了過來，我撈起隨手扔在陪病椅上的手機，身體卻忽然僵了一下。

來電顯示是「揹著吉他的男人」。

「我出去接電話。」

快步走出病房，我深吸了一口氣，壓抑體內莫名其妙湧出的心虛，接起了電話。

「有什麼事嗎？」

「妳的錢包掉在孟庭車上了，她託我拿給妳。」

我實在很難斷定，孟庭究竟是想幫我還是想坑我，但我敢肯定護理師身後絕對揹著刀。

「陳小姐妳待會記得去住院櫃檯補資料喔。」

「……好、我馬上去。」

「妳在醫院嗎？」

「我突然有點事要先去處理，錢包有空我再跟你拿，先這樣。」

即便我立刻摀起手機又壓低聲音，但方才的對話和背景中不斷響起的廣播聲，八成已經一字不漏地傳到他的耳裡，於是我只好匆忙掛斷電話。

「不是啊，沒事我心虛什麼？」

緊緊握著手機，我轉身重新踏回病房，迎上陳裕凱那雙永遠顯得沉靜的雙眼，另一種心虛漂浮而上。

到底我為什麼非得心虛不可？

這個男人、那個男人，不管哪邊都跟我沒有關係吧。

偏偏某人還不怕死地撞了上來。

「男人嗎？」他做出哀傷的表情，「分手三十一天，我的前女友就有了新歡。」

「需要我幫你聯絡，那個分手前就跟你關係匪淺的女人來照顧你嗎？」

「暫時還是先麻煩妳了。」他戲謔地抬起打了石膏的左手，「這階段還是需要顧慮一點形象。」

但在我面前不需要。

很好，非常清楚的區分，交往前的女人和交往過的女人，一條壁壘分明的線。

「我會付看護費的。」

喔、對交往過的女人不僅不需要顧慮形象，連求生欲都一併丟棄了。

「那麼陳先生，需要我推你去曬太陽嗎？」

「沒想到真的有一天讓妳推著輪椅。」

「人的一輩子會遇到數不清的『沒想到』，例如我就沒想過會在鵲橋上被分手。」

「真會記恨。」

「全世界就你不應該說這句話。」

陳裕凱的腦袋大概是因為車禍撞壞了，他開心地笑出聲來，忽然仰起頭並且瞇起眼，一臉享受地曬著太陽。

「這樣挺好的。」

挺好的。

沒頭沒尾的一句話，但我就是聽懂了，如同他在鵲橋上告訴我牛郎和織女相距十六光年，他也只是想讓這段感情留下一個深刻一點的印記。

想問他的問題似乎也沒必要問了。

沒有一個真正愛過的人，不會在乎對方是不是願意朝自己走來。

「陳裕凱。」

「嗯？」

「希望你下一場戀愛不要再用有創意的方式分手了。」

「不是應該祝我不會分手嗎？」

「我的心胸沒有那麼寬大。」

「嗯，我很清楚。」

「你的眼睛想被戳瞎嗎？」

「不用了，我還想多看看這個世界，不過——」

「不過什麼？」

「妳過來一點我再告訴妳。」

我彎下腰湊近陳裕凱的頰邊，忽然他朝我泛開了一抹非常溫柔的微笑，緩慢而清晰地說著：「那邊有個長得很好看的男人，一直盯著妳看。」

順著陳裕凱的話語，我稍微側過了頭。

鍾慕軒清冷的身影就在幾步之外，他站在樹蔭覆蓋的陰影裡頭，而我和陳裕凱則沐浴在日光之中，這邊和那邊彷彿有條線劃拉開兩個區塊。

「怡帆，雖然會讓妳很為難，但我能拜託妳一件事嗎？」

「……什麼事？」

「不要當著我的面走向另一個男人。」

「阿凱……」

然而，鍾慕軒卻大步地跨越光與影的界線，彷彿並沒有什麼能夠阻擋住他，不過是幾秒鐘的時間，他已經走到我的面前。

「你怎麼會來這裡？」

「我聽見電話傳來的廣播。」

就這樣。沒有更多的解釋。我也沒有追問。

很多事掰扯得太清楚，只會讓身處其中的每個人都沒了餘地，然而該說的其實也都說了，他聽見電話傳來的廣播，察覺我匆忙掛斷電話，所以他設法找到了我，卻看見我和陳裕凱親暱又愉快地談笑。

如同七夕那天他不曾提起的陪伴，我想他也絕不會說起，只有廣播作為線索卻能找到我，之間付出了多少的努力。

我不希望他誤會。

「他是我的前男友。」我刻意加強語氣，「在鵲橋上把我甩掉的那一個。」

「說得妳好像有很多前男友一樣。」

「你閉嘴。」

然而他並沒有。

「我不確定這樣的見面該不該說『很高興認識你』。」陳裕凱彷彿抓到了什麼機會一樣，「但怡帆今天一整天是我的看護。」

「我只是來確認她沒事，沒有打算做其他的事。」

儘管我就站在這裡，但兩個男人的對話我卻找不到插入的縫隙，空氣密度陡然加大，一股隱形的壓迫感擠壓著周旁的存在。

尤其是我。

他和他的對話非常簡短，但本來就沒有任何延伸的必要，鍾慕軒轉向我，深深地看了我一眼。

「我先走了。」

他淡漠的聲音還沒落地，頎長的身影就已經轉身，從刺眼的日光，再度踏入陰影之中。

果斷，俐落，沒有絲毫的拖沓。

我忽然有點心慌。

雙腳忍不住往前走了一步，陳裕凱卻拉住我的手。

「怡帆。」

——不要當著我的面走向另一個男人。

這是我欠陳裕凱的。

因為他努力了兩年，卻沒等到我朝他走去。

接下來的一個月，我和鍾慕軒完全沒有聯繫。

這本來就是我和他之間該有的狀態，他的生活，我的日常，抽離偶然以後不過是兩條平行線。

陳裕凱的手完全好了，還非常有興致地在社群軟體上傳了我和他在七夕那天的合照，高調地宣告他被我甩了。

「陳裕凱還算有良心。」孟庭趴在床上，將照片轉傳到每一個她想得到的社群。「聽說他沒跟那個女的在一起。」

「因為那是他表妹。」

「什麼？」孟庭錯愕地看著我，「那為什麼我打電話罵他的時候他不講？」

「大概是他想被罵吧。」

孟庭翻了白眼又呵呵了兩聲。

「當初我覺得你們兩個特別配，就是因為妳和他的腦袋都不知道裝些什麼。」

「總比妳沒裝東西好。」

孟庭抄起手邊揉成團的糖果紙朝我砸來，早有防備的我輕鬆地躲過，我還有餘裕彎下身撿起糖果紙。

「垃圾不要亂丟——」

——記得做好垃圾分類。

鍾慕軒的聲音猛然闖進我的意識，我準備說的字卡在喉頭，戛然而止，彷彿一個月前我和他之間頻繁發生的巧合，卻在某一瞬間徹底熄了火一樣。

再沒有另一個三分鐘。

「蘇怡帆，妳有沒有聽到我說的話？」

「妳說什麼？」

「鍾慕軒。」孟庭努了努下巴，順著她的動作，我瞥見不遠處一道既陌生又熟悉的身影。「我不知道妳跟他最後到底是什麼狀態，所以妳快點做決定，看妳是要打招呼，或是裝沒看見，還是現在直接離開餐廳。」

但無論哪個選項，孟庭都預設了我會為了他採取動作，低下頭我搖晃著手中的飲料杯。「我跟他沒有怎樣。」

「所以到底要怎樣啦？」

——一個人想要什麼樣的愛情，就會給出什麼樣的答案。

我一口氣灌完玻璃杯裡的蘋果汁。

「打招呼啊，妳跟他是高中同學，我也跟他見過幾次面，有什麼要避開的。」

「妳確定喔。」

「當然。」

我扯開自認恰到好處的微笑，朝著鍾慕軒的方向舉起手輕輕揮了兩下，自然又雲淡風輕。

但下一瞬間我的手卻僵在半空中。

鍾慕軒逕直地走過我跟孟庭，完全視我們如無物。

空氣頓時凝結成尷尬，這情境，簡直像是我意圖跟鍾慕軒搭訕卻被當空氣，不到三秒鐘，我跟孟庭火速抓起包包和帳單逃離餐廳。

果然，就如鍾慕軒曾經說過的，很多時候選項再多但真正的答案一直擺在那裡。

逃出餐廳的瞬間，熱燙又充滿水氣的空氣侵襲而來，讓人的鬱悶與憋屈蒸騰而上，但總是有人早我一步爆炸。

孟庭火大地扯住我的衣領，大喊地在我耳邊怒吼。

「這就是妳說的跟他沒怎樣？」

我還能怎麼樣？

周旁彷彿擺著一個又一個沙漏，每一次翻轉都是三分鐘，然而此刻卻絲毫沒有動靜，每個沙漏，每一粒沙，都寂靜得像沉默的石像。

然而我卻走到酒吧門口。

「蘇怡帆妳到底在做什麼？」

鍾慕軒今天有演出。

煩躁地蹲在路邊，我盡可能地將自己藏匿在機車的影子底下，目光卻忍不住往酒吧門口飄，儘管知道躲在台下他根本不會發現自己，但問題的重點不在這裡，而是我為什麼會出現在這裡。

還是在被徹底無視之後。

——這種行為在學術界通常被稱為犯賤。

「還是回家吧。」

經過漫長的猶豫拉扯之後，我終於下定決心，猛然站起身，卻在轉身之後，看見一張清冷的臉龐。

既然他無視我，我也應該把他當空氣。

我很少進行如此快速的判斷，總之我暗自吸了口氣，調動全身的細胞認真地演繹「我完全沒看見你」，以那日與他相同的姿態，走近他，接著逕直錯身而過。

然而他卻拉住我的手。

「妳的機車不是停在另一邊嗎？」

很好。

我不到三秒鐘就輸了。

「我不能先到巷口的超商買東西嗎？」

「超商也在另外一邊。」

「我想去遠一點的超商，不行嗎？」

「巷子的燈有點昏暗，一個人走不安全。」

「我會記住你的提醒，但是，再不安全的路我也只能一個人走。」

他終於鬆手。

我的心卻像有某些什麼被抽離了。

「陳裕凱跟我提了一個交換條件。」

對話毫無預警地轉往另一個截然不同的方向，從他口中唸出陳裕凱的名字特別違和，以至於我不大確定自己應該先問「他提了什麼交換條件」，又或者先問「你為什麼會跟他有聯繫」。

但既然他說要遵循直覺——

「他教你怎麼挖掘生活中的創意嗎？」

「蘇怡帆。」

「怎樣？」

「他說妳越緊張的時候，就越會用各種方式設法讓話題偏移。」他似笑非笑地勾起嘴角，「所以，妳在緊張什麼？」

鍾慕軒往前走了一步，我和他的身高差距以及夜色加深了他所帶來的壓迫感，我下意識想後退，但佇立在狹小人行道的電線桿以及違規停放的機車，徹底阻擋了我的退路。

沒有選擇，唯一的退路竟然是繞回原先的起點。

「所以，陳裕凱提了什麼交換條件？」

「讓我一個月不要聯絡妳，他就告訴所有人是妳提出分手。」

我愣愣地看著他，花了一段時間才消化這個訊息。

複雜又難以說明的情緒在我體內蔓延開來，有一點感激鍾慕軒的溫柔，有一點對陳裕凱挑事的牙癢，又有一點不知所措。

「妳大概不是很需要，所以我答應是因為另一個原因。」

「什麼原因？」

「他問我，想不想確認妳會不會朝我走來。」

「你們這是在進行社會實驗，拿我當測試的對象嗎？」

「不是，對我而言所謂的喜歡沒必要測試，想要就去爭取，就只是那麼簡單直接的事情。」

「既然如此——」

「但是離開醫院那天，我忽然想到一個從來沒想過的問題，一個人願意承接我的感情，跟一個人願意伸手抓住我的感情，究竟一不一樣？」

陳裕凱問過我這個問題。

現在，連看似無所畏懼的鍾慕軒也問了相同的問題。

「蘇怡帆，妳說，這兩者到底一不一樣呢？」

我沒能回答鍾慕軒的提問。

經過兩年都只能交白卷的我，怎麼可能有辦法突然給出答案。

傳了幾十則訊息用各個角度把陳裕凱罵了一輪後，我的情緒好不容易冷靜了一點，鍾慕軒眼中那抹一閃而過的失落卻扎往我的心臟。

「我明明什麼都沒做，為什麼覺得自己像個渣女？」

人生好難。

該死的愛情更難。

——但有一種渣就叫做「什麼也不做」。

煩躁地趴在床上，我彷彿聽見有道天外之音落進我的房間，不管怎麼摀起耳朵都揮之不去。

陳裕凱更是掐準了時間回了一則長長的訊息。

——怡帆，妳知道我為什麼要在鵲橋上提分手嗎？牛郎和織女，一年就等著七夕那天為他們搭建而起的鵲橋，但是，假使兩個人都迫切地想見到對方、想抵達對方所在之處，應該會用盡各種方法渡過銀河吧。

銀河。鵲橋。牛郎和織女。

我平靜的生活似乎從七夕那天就偏移了軌道，想不透的時候就重新回到原點，反正在床上打滾得到的也只有頭暈。

於是我拖著緩慢的步伐，走了三十分鐘到一切起點的那座公園，鵲橋還在，但燈已經滅了大半，從遠方看出絲毫沒有浪漫感，反而有點可怕。

「真不知道七夕那天甜甜蜜蜜走過鵲橋的情侶，現在看見這座橋會有什麼感想。」

轉了個方向，我走往對側的草地，走沒幾步就踢到一個被亂扔的鋁罐，彎下身我撿起鋁罐，突然感到有些好笑，說不定我再往前走一點，也會碰見一個需要安慰的人。

我沿著河畔往前走，忽然一陣輕緩的吉他聲飄送而來，彷彿讓悶熱的風多了一點沁涼，但我卻猛然頓住腳步。

我聽過這首曲子。

進行了好幾個長長的呼吸，我盡可能消弭存在感悄悄靠近，那張清冷美好的臉龐陷在光與影的交界之中，下意識我握緊了手中的鋁罐，他是不是就是那個需要得到安慰的人？

那天被我拋擲而出的鋁罐大抵是被捲進了某個迴圈，身處其中的我和他，說不定打從一開始就離不開了。

鍾慕軒的存在本身便足以讓人陷入漩渦，讓人甚至沒辦法去考慮橫渡銀河這種事，但他卻克制著、維持著距離，這一刻我才明白，即便像他這樣能夠輕易吞噬所有人的男人，也會擔憂那個人會不會只是被迫沉入水中。

當人的心中有了喜歡，無論是什麼樣的人都能感受到相同的不安。

我也害怕。

害怕他手中燦爛的三分鐘不再給我延續，但我又想，有些時候，縱使只能擁有僅僅一次的三分鐘，依然能讓人奮不顧身地往前走。

這是不是、他所想要的答案？

「鍾慕軒。」

曲子結束，飄蕩的音符還沒完全消散，我不再藏匿自己的身影，一步、一步地走到他的面前。

他的臉上有明顯的詫異。

「真巧。」我揚起笑，筆直地望進他的眼。「我跟你之間好像有各式各樣的巧合。」

「但是經過那麼多的巧合之後，我想要的就不僅僅是巧合了。」

「這也很巧。」

「嗯？」

「因為我好像也是。」

「蘇怡帆，那麼、妳想要的是什麼？」

「只屬於我的三分鐘。」

鍾慕軒站起身，修長的身影彷彿劃破黑影並且佔據了光亮，逆著光，他仍舊是那個在我難過哭泣時默默遞來面紙的人，卻成為了更加重要的人。

他一個跨步便將我拉進懷中，屬於他的沐浴乳香氣緊緊地包覆著我，我沒辦法抬起頭，只能一邊聽著他的心跳，一邊說話。

「我以為你在乎的是我要走完最後一步。」

「一步就好。」他的嗓音顯得有些低啞，「妳只要願意往前一步就好，其他的我來走就好。」

「這麼體貼啊。」

他笑了。輕輕的震動隨著他的擁抱也震動著我。

「因為妳走得太慢了。」

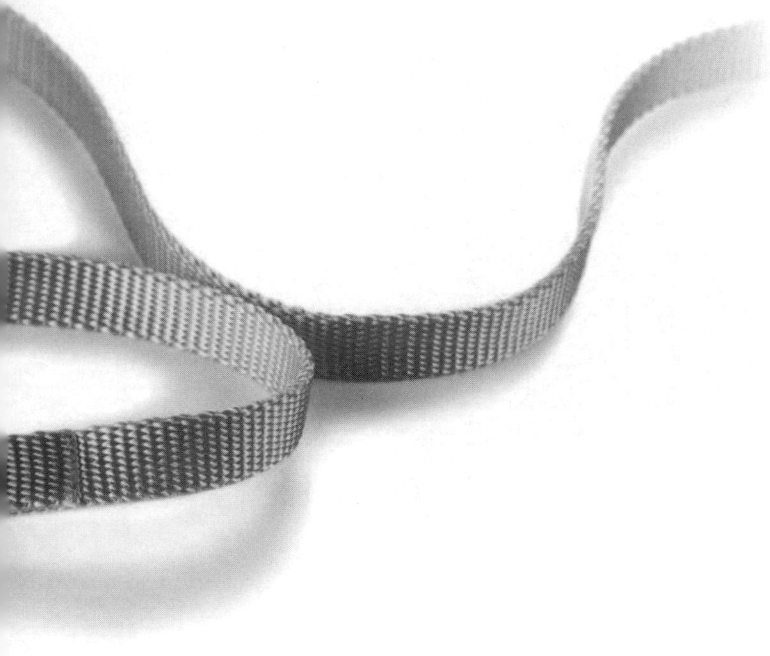

初七

／ 尾巴

Day 1

我已經很少去那座公園了。

小學時學校就在公園附近，所以每天都會經過。國中則因為學校比較遠，要過去公園必須特地繞去。而上了高中，我再也沒去過公園。

如今，我已經十九歲了，在外地念書加上打工的關係，回來家裡的機會少之又少，更別說來到這公園了。

不過今天是個特例。

因為家裡的老貓處於彌留狀態，於是我和老闆請了長假，回到老家，而也正巧遇到父親節的關係，我便出發要去購買蛋糕。

歸功於我邊走路邊用手機的關係，所以我竟下意識地選擇了最短的路徑，也就是經過公園的這條路。

我的心臟狂跳，想要折返卻覺得腳步沉重，無法移動。

不要緊的，都這麼多年過去了，我也已經十九歲了，沒事的，我可以的。

在給自己這樣的心理建設以後，我抬起頭，從公園的入口往裡頭望去。

一群小孩子和媽媽們在裡頭，還有老人家們散步或是曬太陽，遠方傳來青少年們打球的聲音。

微風吹來，這公園的一切，一如我記憶中的祥和、美麗。裡頭的設施雖然沒增加多少，可是都維持得不錯，我小時候經常玩的大象溜滑梯也還在，真是懷念呢。

不過我很快低下頭，想撫平自己的心跳，別擔心，我沒有呼吸困難，還可以的，我已經長大了。

所以我再次抬頭，看向了正對著入口處的沙丘，在沙丘的後方有一張長椅，小時候，我時常在……咦，那長椅上有個人，因為有點距離所以看不清楚他的表情，可是能確定他正盯著我看。

「啊！」接著他喊了聲，猛地站起來朝我奔來，我嚇了一跳，趕緊拔腿就跑。

好不容易跑到轉角處，回過頭，他並沒有追出來，我鬆了一口氣。那個人是怎樣呀，難道是我以前的同學嗎？但是距離有點遠，根本看不清楚長相，怎麼可能會認出我呢？

不過沒有追出來也好，這次經過公園是失誤，下次別再走這條路吧。

於是我往蛋糕店的方向去，老闆娘看見我非常開心，我以前可是常客呢。

「澧恩啊，好久不見了，回來過父親節嗎？」老闆娘親切地笑著。

「對呀，我想要買芋頭蛋糕。」我比了一旁六吋的蛋糕，「我家最喜歡芋頭口味了。」

「好好好，沒問題。」老闆娘從冰箱拿出來，一邊包裝一邊問道：「現在念大學對吧？這次一個人回來？」

「對呀，阿姨。」我簡短的回應，卻免不了心中的些許傷神。

「還是在男友和爸爸間，選擇了爸爸呢？」

「是呀，畢竟是前世情人呢。」我順著她的話，看著她幫我把蛋糕打上蝴蝶結。「餐盤不用了，環保。」

「好呀。說歸說，如果他也回來，叫他來看我啦，阿姨很想你們呢。」老闆娘說著，而正好也有其他客人入店，我趕緊付完錢，對她揮手說再見。

就這樣，我提著蛋糕往回家的方向走，這一次我特別注意，別再走到公園那條路了。

□

「我回來了。」我拉開一樓的紗窗門，一邊脫下鞋子。踏入客廳，就先看見家中的老貓縮在她專屬的床墊之中，虛弱地看了我一眼，努力地發出「喵」的聲音想要迎接我，她的尾巴甚至還甩了兩下。

「恩恩，姊姊回來啦！」我來到她的身邊，伸手摸了下她頭頂，恩恩舒服地瞇起眼睛，發出咕嚕的聲音。

「回來啦，蛋糕給我吧。」妹妹穿著輕便，從走廊過來，接過我手中的蛋糕，也摸了下恩恩的下巴。

「她今天有沒有比較好？」

「妳回來後，她精神就好上不少，不然之前一直在睡覺呢。」她無奈地一笑，「畢竟當初是姊姊把恩恩帶回家呀。」

我看著眼前曾經是漂亮橘毛覆蓋一身的恩恩，如今毛髮都已花白，心疼地再次摸摸她，她漂亮的眼珠子如今都是混濁的白，見到她的生命逐漸凋零，讓我十分難受。

「恩恩，今天是父親節唷，妳以前最喜歡偷舔芋頭記得嗎？我們每次都要想辦法不讓妳吃到呢……所以恩恩呀，再陪姊姊一下好嗎？」我親吻了一下她的鼻尖，彷彿聽得懂似，她喵了一聲，我就當是應允了。

吃完晚餐後，我們端出了芋頭蛋糕，慶祝父親節。恩恩的床放在一旁，她擺動著尾巴瞇眼看著我們，雖然有氣無力，但是看起來很開心，這讓我欣慰許多。

「澧恩啊，妳這次回來，怎麼沒找小豪一起呢？」媽媽將切好的蛋糕遞給我時，忽然這麼問，該來的總是會來，我也早預備好一定會有這問題。

「因為他班排不開，況且他也要回去和自己的爸爸過父親節呀。」我神態自若，還搭配了聳肩的動作。

「也是啦，只是很久沒看見他了，下次有空一起帶他回來呀。」

「嗯，下次有機會的話。」我吃了一口蛋糕，打開電視。

「媽媽喔，為什麼妳這麼歡迎姊姊的男朋友，卻不歡迎我的男朋友？」妹妹在旁邊叫不停。

「妳在那邊交什麼男朋友！都要考試了，不認真念書，要是考試前分手的話，妳到時候還有辦法專心考試嗎？」媽媽一口氣劈哩啪啦罵了一大堆，妹妹頓時被堵得啞口無言。

「吼，不公平啦……」只能小聲的抱怨。

「不是不讓妳交男友，是時間問題，妳在這種關鍵時刻交，高二升高三的暑假耶小姐，熱戀期的情況下，妳能好好念……」媽媽又繼續唸個不停，妹妹對我投來求救的眼神，我只好看向爸爸，畢竟要治媽媽，也就只有爸爸了。

「咳。」爸爸快速吃完他的蛋糕，將盤子遞給媽媽。「我要再一塊。」

媽媽接過了盤子，一邊切還一邊唸，爸爸又說：「好了啦，都交了，妳現在唸也沒有用啊。反正到時候考不好，那也是妹妹自己的人生啊。」

「你說得倒輕鬆。」媽媽搖頭，但也沒再多說，

我和妹妹互看一眼，偷偷在底下比了讚，姊妹就是要互相幫助呀。

恩恩喵了聲，轉了下耳朵，有氣無力地趴著。

那天夜裡，和妹妹共用一個房間的我在睡前滑著手機，無視了他傳來的訊息，而是點開屬於我和他的相簿，一邊看著那曾經美好的笑容，一邊忍不住流淚。

但是在無聲的夜晚，在妹妹已經睡著後的房內，我不能發出一絲聲響以免吵醒她。

所以我只能用棉被包著自己，在漆黑之中啜泣著。

Day 2

當我張開眼睛的時候，已經快接近中午，翻了個身後決定起來，才注意到另一床的妹妹已經不在。

她會這麼早起一定是跟朋友有約，而這熱戀期的時光，想必就是男朋友吧。果不其然，當我打著呵欠走出臥房時，見到媽媽又罵咧咧的。

「搞什麼鬼，跟我說要念書，最好是可以專心念書啦！」

「妳就不要在那邊唸了，我耳朵都要長繭了。」爸爸一副受不了，一邊餵著恩恩藥水，一邊細語道：「恩啊，媽媽很吵對不對，真的是吵死人了喔。」

「你不要跟恩在那邊亂講，不然恩，妳說呀，妹妹現在交男朋友是不是白目？」

「妳不要教恩一些難聽的字眼。」爸爸摀住了老貓恩恩的耳朵，她瞇起眼睛，看起來似乎很享受此刻的熱鬧。

「爸、媽，恩恩的年紀比你們加起來都還要大了，說不定恩還會更難聽的字眼呢。」我淘氣地說，也來到恩恩身旁摸了她一下。

「我們家恩這麼有氣質，才不會什麼難聽字眼。」爸爸就像個貓奴一樣，什麼都是「我家的貓最好」了。

「姊姊啊，妳今天沒事吧？」我內心一驚，媽媽這種起手式，就是要我幫她跑腿。

「沒啊，我今天很忙，我要弄一些作業。」

「作業，去圖書館嗎？」

「對對對，就是去圖書館。」多麼光明正大的理由呀。

「那正好！」媽媽兩手一拍，跑到廚房拿了兩個便當出來。「拿去給妳妹妹，還有她那個男朋友吃，順便監視他們是不是真的有在念書。」

「媽喔！妳幹麼要這樣緊迫盯人啦！」我怪叫。

「我哪有啊，是妳說要去圖書館，那不就剛好讓妳帶去嗎？」媽媽還強辭奪理。

「妳這便當是提前做好的耶！如果我沒要去圖書館，妳是打算自己去送嗎？」我可不會被騙。

「我才沒那麼誇張。」媽媽別過頭哼了聲，「我會叫妳爸去送！」

爸爸在一旁聳肩，一臉不關他的事情。

「反正，妳就是給我拿去，他們身上也沒什麼錢，別吃外面的。」媽媽把便當塞到袋子裡，放在客廳桌上。

「那我呢？」

「妳？妳不是有在打工嗎？自己去外面吃吧！」

吼，妹妹老說媽媽疼我，拜託，媽媽最疼妹妹好嗎！我忍不住如此抱怨。

於是我準備了一下，出門前不忘摸摸恩恩，她今天看起來特別愛睏，就算我摸她說著要出門了，她也只是輕輕地嘆氣，連尾巴都沒甩動了。

「爸，你不會出門吧？」

「怎麼了？」

「你要好好照顧恩恩，我很快就會回來，有任何問題再打電話給我喔。」我囑咐著。

「不用擔心，我會好好照顧她。」爸爸給了保證後，我才安心離開家裡。

恩恩是我小學去公園散步時，在草叢中發現的，正確來說不是我發現，是他發現的。

我還記得那天雨下得很大，他也很不聽話，叫他別往那裡去，很危險，但他就偏要過去，我氣得在原地跺腳，衣服和鞋子都濕掉了。

結果，他從草叢中探出頭，對著我大喊。我以為他又闖禍了，所以趕緊跑去，就見到了奄奄一息的橘貓躺在那。

那就是恩恩。

當時的恩恩已經是成貓了，但卻瘦弱得像隻出生沒多久的貓，她倒臥在被大雨浸濕，幾乎要成為小水窪的泥地之中，只剩一口氣，那小小的口鼻幾乎要被水給掩蓋。

「天啊！」當時我趕緊把恩恩抱起來想給她一點溫暖，可是我和他都渾身濕透了，身上也沒東西可以包住恩恩，我只能用身體盡量幫她擋雨，一路往獸醫醫院方向跑去，我們都非常著急，深怕這恩恩撐不了。

啊。

我停下腳步，沒想到深陷回憶中，居然再次走到當初的公園。

於是我又往公園裡看去，當初就是在後面那小草叢撿到恩恩，後來獸醫估算她約四、五歲，一開始，爸媽並不想養貓，尤其恩恩是流浪過的成貓，他們怕不好帶。

可是……我一笑，淚水卻湧出，所以我趕緊要別開視線，離開這座公園，可是我卻又看見了昨天的長椅上，坐著同一個人。

「啊，那個！」他原本看著別處，但忽然發現我在這，便大喊著。

我原先又要跑走，可是忽然想到，如果真的是我認識的人呢？

所以我稍微走進公園，就看著他朝我奔來，隨著他越靠越近，我發現自己並不認識他，可雖陌生，卻有些親切。

「那個……有事嗎？」我問。

他看上去像是二十出頭的青年，眉清目秀，皮膚白皙，且聲音好聽。穿著簡單的牛仔褲和白色上衣，簡單乾淨。

沒想到靠近後是個這麼帥氣的男孩，讓我有些小緊張，他烏黑的眼睛不可思議地看著我，驚呼：「妳、妳是澧恩，對吧？」

我愣住，他居然知道我的名字，表示他真的認識我，可是我對這張臉沒有記憶啊！就算是長大後會改變長相好了，也沒有改變這麼多到我認不出來。

「你是……」

「真的是澧恩！」他高興不已，甚至伸手過來就要抱住我，嚇得我趕緊蹲下躲過他的擁抱。

「我、我不認識你啊！」我大叫著，決定等等就要逃跑。

「啊，對不起，我太興奮了所以……」他趕緊對我道歉，「妳不認識我，我叫做陳奕。」

「喔……那你怎麼知道我的名字？」我還是覺得奇怪。

他轉了一下烏黑的眼珠，「妳從很久以前就一直都有在捐款給動物之家吧？我是那邊的員工，像妳這樣愛護動物的人讓我深受感動，所以見到妳才會這麼興奮，抱歉，嚇到妳了。」

雖然這解釋聽起來有點奇怪，可是卻十分合理，因為我們這區的動物之家不搞為善不欲人知的那套，所有捐款都是實名制，還必須上傳照片，所以他會知道十分合理。

「原來是這樣，但我那照片是小時候的耶。」我從十歲開始捐款，那照片也是國小的，跟現在十九歲應該有差距吧。

「啊，所以我才認不出妳。」他說的話雖奇怪，但卻笑得真誠。「動物之家很多動物都受到妳的幫助，他們要我謝謝妳，讓他們可以吃飽睡暖。」

「你又知道他們會說什麼嘍？」我忍不住一笑，「況且，我捐款的金額不高……」

「重點不是金額呀，是這些年來持續不斷的愛心。」他對我眨眼。

我不好意思地扯了嘴角，「謝謝你。」然後晃了一下手中的便當，「我要先去送便當給我妹，那我就先……」

「啊，我剛剛就聞到了，好香的味道，一定很好吃！」他對我點點頭，「那個，如果妳有空的話……嗯，算了，沒事。妳去忙吧！」

雖然看起來欲言又止，但畢竟算是陌生人，所以我也沒問太多，就點點頭離開公園。期間我回過頭兩次，他都站在原地看著我，一發現我的視線，他便開心地對我揮手，露出可愛的笑容。

好吧，是個怪人，但卻不可怕。

來到圖書館後，我正準備打電話給妹妹，看見了幾百條的訊息和幾十通未接來電，但我全數忽略。

「姊！妳怎麼在這？」前方的叫喚使我抬頭，看見妹妹正巧和男友走出圖書館大門要去吃午餐，而她發現我手中的便當忍不住怪叫起來。「她是不信任我們來念書嗎？而且我們說好要去吃義大利麵耶。」

「把錢省下來吃便當吧。」我將便當遞給她，但她卻不接下。

「姊，這妳幫我吃好嗎？」

「我不要，有兩個耶。」

「拜託啦，妳剛跟小豪哥交往的時候，我不是也幫妳隱瞞過夜的事情嗎？」

妹妹瞇起眼睛，居然敢拿這件事情威脅我。

但想到了當時的甜蜜，不由得讓我心中一緊。「嗯，好啦，我知道了。」我把便當拿回來，「但妳要跟我約個地方拿吃完的便當盒，知道吧？」

「太好了，謝謝姊姊，我最愛妳了。」她開心地抱了我一下，便轉身往男友的方向跑，她的男友對我稍微鞠躬打了招呼，便和妹妹往附近的美食街道走去。

而我手中兩個便當如此沉重，另一個便當我是要給誰吃啊，倒掉又有罪惡感，可是還有聯絡的朋友都沒有回來，不可能拿去給其他商店街的老闆娘吃，會被媽媽發現的……

忽然我想到了那個人，剛才在公園裡的男人。

可要是陌生人忽然給我一個便當，我也不會吃吧，拿去給他會不會怪怪的？雖這麼想，我還是來到公園，而他果不其然還坐在那，一見到我，他的臉又再次炸開笑容，並朝我奔跑而來。

「妳怎麼又回來了？是來找我的嗎？」他圓亮的黑眼睛看起來閃閃發光，要是人類有尾巴的話，我彷彿都會看見尾巴奮力搖晃的模樣了。

「我妹不吃便當，你願意吃嗎？」我把手上的便當舉起來，他倏地渾身僵硬，我立刻覺得尷尬，把手上的便當放下來。「也是，陌生人的便當很噁心吧，當我沒——」

「我好開心！」他快速地接過我手上的便當，像是什麼稀世珍寶一樣捧在手心。「我一直都好想吃吃看，可是每次都吃不到！」

「吃不到？」我疑惑地看著他興奮的模樣。

「啊，我是說……因為我們家對食物控管方面很嚴格，平常都讓我吃得很清淡，我一直都想吃重口味的料理呢！」他解釋著。

「原來……」他真是個奇妙的人，且神奇的是，我並不覺得害怕。

雖然一開始有點怪啦，但從他的反應態度，最重要的是那雙眼睛，讓我覺得好像……非常信任他。

「我叫陳澧恩。」所以我對他伸出手，來個正式的自我介紹。

他看了我的手，又看了我的臉，趕緊伸出一隻手握上。「我叫陳奕。」

「我們都姓陳呢。」

「對呀，我姊姊姓陳，所以我也姓陳。」他的回答讓我一笑。

「應該是爸爸姓陳吧。」

不過陳奕聽不懂我的調侃，只是傻笑了一下，然後往後頭的長椅走去。「我們去那邊吃吧。」

而我腳步一停，那張長椅……不，沒關係的，都過了這麼久了。
我邁開腳步，經過了這麼多年，終於再次站到了這張長椅前。我的呼吸急促，心跳加快，眼前一黑，耳邊彷彿傳來了喧鬧的聲音。
時間過了那麼久，但我一樣覺得痛苦。
「妳還好嗎？」陳奕的手搭到了我的肩膀上，把我的思緒拉回此刻，在光亮之中，看見他擔憂的無害表情，我竟感到一絲放鬆。
「沒事，好多了。」我扯了嘴角。
「天氣很好，微風很涼，便當也很好吃，所以妳要不要也坐過來這邊，一起享受美食呢？」他輕摸我的頭頂，就像是我在摸著恩恩一樣的溫柔。
「呵呵，你這樣好像在摸小狗喔。」
他一愣，然後又笑了起來。「小狗狠喜歡被摸的。」
「感覺你對動物很好。」我說。
「妳也是很愛護動物的人呀。」他說完後坐到長椅上，打開了媽媽的便當後睜亮眼睛。「看起來還是一樣好吃！」
我看著他津津有味的模樣，也坐到了一旁打開便當，就是平凡的滷肉和滷蛋，搭配一些青菜罷了。

「你平常是吃得多清淡？」

「就吃一些水煮的，沒有調味。」

「你在健身還是減肥吧？」我驚訝。

「沒有，她們說這是為了我的身體好。」陳奕歪頭，露出了傻傻的憨笑，嘴角還沾了飯粒。

「哈哈哈，你沾到飯粒了。」我拿出衛生紙遞給他，他先是一愣，然後居然臉頰往我的掌心蹭。

我嚇一大跳，手上的衛生紙掉落，他原本瞇眼陶醉的神情也因為我的停滯而張眼，注意到我的驚慌，他乾咳了一聲。「對不起，我只是習慣了……」

「習慣？」

「不是，我是說，就是……」他乾笑著，沒有解釋，繼續吃起便當。

神奇的是，我竟然不覺得討厭。

那一天就這樣，我們靜靜地吃完便當後，我跟他說了再見。

「我明天也會在這。」離開公園前，他忽然這麼說。

這是什麼意思？我只能點點頭，在遠去前回頭，他依舊坐在那，靜靜地看著我。

「姊，妳這禮拜六應該就會回臺北了吧？」妹妹躺在床上滑著手機，今天的她沒有約會，所以正在賴床。

「為什麼？」我也跟著翻了身。

「因為是情人節呀，妳不跟小豪哥過嗎？」妹妹驚訝地側身問，而我一驚。

「呃，應該不會吧。」

「姊，你們發生什麼事情了嗎？」

「為什麼這麼問？」

「因為妳這次回來看起來心事重重，而且也都沒和小豪哥通電話……」沒想到妹妹這麼敏銳。

「我們發生了一點爭執。」我苦笑，「所以……」

「什麼事情？」妹妹激動地坐起身，「如果是誤會的話要快點說清楚耶，小豪哥那麼好，他——」

「那是我們的事情！」我大吼，這讓妹妹嚇到。「對不起，我不是故意這樣，但……」不知要如何解釋，也不想說得太清楚，我從床上起來。「妳別告訴爸媽，我的事情會自己解決。」

「姊……」妹妹低語，但我已經走出房間。

為了不在家尷尬，所以我梳洗完畢後換好衣服，躲避妹妹想追問的神情後，趕緊出門。

在離開家門前，我親吻了一下恩恩。「姊姊今天……情緒有點不好，我會盡快整理好心情回來，恩恩好好休息喔。」

「喵～」恩恩輕微地叫了聲，我微笑後離開家裡。

心情不好的話，就該吃個甜食，所以我走往蛋糕店買了提拉米蘇，但不知怎地又想起了陳奕。「老闆娘，我多要一個起司蛋糕好了。」

「好啊，和小豪一起吃嗎？」老闆娘的話讓我心一揪，「小豪應該也回來了吧，叫他別忘了來我這啦，真是沒良心喔！」

「謝謝老闆娘。」而我只是給了一個微笑，拿走了蛋糕。

手機上依舊是幾百則的訊息和未接電話，我決定無視，同時小豪又正巧打來，我趕緊把手機按下勿擾模式後放入包裡，徐步來到公園。

陳奕依舊坐在那，一見到我就像小狗一樣搖著尾巴，幾乎是從長椅上跳起來往我這來，就像在等著我。

「我今天帶了蛋糕。」

「哇！好棒，我一直想吃蛋糕但都沒辦法吃！」

我皺起眉頭，「你之前到底是過怎樣的生活啊！」

「過著很好的生活呀！」他笑開了臉，看起來十分可愛。

我看著他的穿著，跟昨天一樣，又是牛仔褲和白上衣，前天也是……

「你是極簡派的呀？」

他歪頭，似乎不了解我是什麼意思。

「衣服都穿一樣的呢。」

「我喜歡這樣子？」他笑著，「提拉米蘇跟起司，這兩種口味我都不能吃耶。」

「咦？真的嗎？你會過敏？」我驚訝。

「啊，我差點忘了，現在可以了。」他笑著拿起提拉米蘇，「那我要選有巧克力的。」

「你真是奇怪耶。」我看著他再次吃得津津有味的模樣，「你都不用上班嗎？怎麼一直都在這？」

「我就是在這邊啊。」然後又吃得滿嘴，這次我直接把衛生紙交給他，以防他又忽然蹭著我的手。

「為什麼呢?」

「我在等人。」陳奕說著,看著我手中的起司蛋糕。「妳不吃嗎?」

「給你吃吧。」看他吃得那麼香,都想多投食一點了。

果然他開心地笑了,吃起起司蛋糕。

而我的手機忽然響了起來,我一愣,不是開勿擾了嗎?

拿出來一看,又是小豪,因為他連續打好幾通,所以手機系統基於安全問題才會響,我嘆氣,直接掛斷。

「為什麼不接電話?」

「算了吧,吵架中。」我停頓後失笑,「又或是分手了。」

「分手?為什麼?」他很驚訝。

「嗯,就那樣。」我聳肩,「你在這邊等誰?」

「等我一個好朋友。」

「但是你在這三天了耶,朋友都沒來嗎?」不會是被放鴿子的可憐蟲吧。

「女生嗎?」

他點點頭,「我不確定她什麼時候會來,只知道是這幾天,所以我先在這等她。」

果然是可憐蟲，明明長得這麼俊俏，居然在愛情中也這麼卑微……

「那你怎麼不打電話給她呢？說不定她不過來啦。」我好言相勸。

「她沒有電話呀。放心，她一定會過來的。」陳奕說得篤定，「最慢禮拜六會來。」

「你是說情人節嗎？」

「那天是情人節嗎？」陳奕歪頭，笑了起來。「那妳那天不約會了嗎？」

「不會。」我扯了嘴角，話題又要回到我身上嗎？

「雖然我希望妳和小豪和好，但如果禮拜六你們不約會，可以請妳過來這裡嗎？」

「你怎麼知道他叫做小豪？」我停頓，會不會知道我太多事情了。

「大家都知道呀。」但陳奕不明所以，「這裡不大。」

「說的也是……嗯，我過來這邊做什麼？」

「見見我的朋友，她會很高興看見妳的。」陳奕說的話總是這麼奇怪，我努嘴，並沒有答應。

「如果她這幾天都沒來，你就會在這一直等嗎？」

「當然呀，我來這就是為了等她。」陳奕吃完了所有的蛋糕，將紙盒放回袋子之中。「昨天原本是要跟妳說，如果可以的話，這幾天能來這裡陪我嗎？」

「什麼？」

「我想和妳說說話，在我朋友來之前。」他的要求曖昧又詭異，可是那閃亮的無辜大眼讓我很難拒絕。

「嗯，我盡量。」我說，而他笑了起來，好溫暖、好親切的笑容。

要回家的時候，我問了陳奕要不要一起走，他卻說還要在公園等一下。

「你真的好奇怪。」我說，但他只是憨憨地笑，與我揮手說再見。

離開公園前，我又回頭看了他好幾眼，就跟小狗一樣坐在原地盯著我，配合著臉上的大笑容。

我覺得他怎麼會這麼可愛，可是，不是愛情的那種。

於是，我拿出了手機，點開了小豪的訊息。

『妳誤會了！』

『我和她不是那種關係。』

『對不起，妳明明跟我說過，但我卻大意了。』

『那是意外，她也很錯愕。』

『拜託妳接電話好不好。』

『我聽說妳回去了，我班表排不開，不然我也會馬上回去。』

『妳相信我啊，拜託妳接電話。』

『求求妳。』

那上百則的道歉、解釋、誤會等話語，我看著卻難受，蹲到地上哭了起來。

最後，我只回了一句：「**分手吧。**」

然後關閉了手機。

Day 4

小豪是我從高中就認識的同班同學，我們大概曖昧了整整三年，在高三時某次夜間自習，他問我想念哪一所大學，而我告訴了他以後，他先是皺了眉頭沉思，接著緩緩說：「那所學校對我來說有點難度。」

我一驚，瞪大眼睛看著他，而他卻有些害羞的一笑。「現在不是好時機，對吧，所以我想至少等到我們念一樣的大學，到時候再……也不能距離太遠啊，不然會有距離感的。」

他說得含糊，但我卻聽懂了意思。

「不是我腦補吧？」

「那要看妳想成什麼了。」小豪壞壞地一笑。

「別想套我的話，我是不會先說出口的。」

「那就等我們都上了大學，讓我來說吧。」他趴在桌上，看著參考書嘆口氣。「但我上次模擬考距離那間大學還有一小段距離。」

「……差幾分？」

「差……二十分吧。」

「很尷尬的數字，但也還有機會。」我抿嘴，「我來教你。」

「那就太好了。」他笑，伸手摸了我的頭。

我們曖昧到這種程度，卻維持著最低的限度，保守地想著至少要到考上大學後，再在一起。

最後，雖然不同系所，但我們兩個總歸都上了同一間大學。

在放榜的那天，他誇張地帶了花束來，什麼話都還沒說，我已經淚流滿面地衝了過去抱住他。

爸媽得知我們交往的事情，也欣然接受，畢竟小豪是我的高中同學，加上認為小豪能等到大考完畢才和我告白，是個可以相信的人，所以還囑咐小豪在臺北要好好照顧我。

於是我們就這樣交往了，雖然依照實際的交往時間來說，才在一起快兩年，可是我們已經認識要五年了。

所以，我一直認為我們有些無須明說的默契，例如我們都要忙於課業和打工，即便租屋就在隔壁，見面的時間也不多，但只要有空的時候，我們都會傳訊息給對方，這樣另一個人在休息的時候，便能馬上看見另一個人的訊息。

而也因為信任，並不會限制彼此的交友圈，更不會去看對方的訊息。那為什麼，當我某次前往你打工的飲料店時，看見了你和另一個同事打情罵俏的畫面？

「那不是打情罵俏，她那個人本來就比較沒有男女界線，她也知道我有女朋友啊，而且她不是對我，她對任何同事都是一樣的。」小豪如此解釋著，我知道他說的是實話，因為我也看過那女生在學校和其他男生肢體接觸。

說是肢體接觸，不過也就只是講話時會動手打對方，然後拉高音量罷了。

可是我不知道為什麼，就是吃醋，吃那個女生的醋。

「我不喜歡，你不要再跟她那樣子了。」

「好啦，妳不要生氣，我會跟她說別再這樣子。」小豪溫柔地抱住我，「我最喜歡妳了，妳要相信我。」

「哼……」我將臉埋在他的臂彎之中，相信了他那句話。

可是偶爾，當我在學校看見那女生和小豪說話，或是經過飲料店時看到他們一起打工的模樣，都會讓我嫉妒不已。

我知道的，那女生什麼事也沒做，我也知道小豪並沒有亂來，可是我就是無法克制自己胡思亂想的嫉妒。

所以，我才會更加勤勞地去飲料店，美其名是去探班，但實質上是去監視。所以，他們才會不知道我到了，所以，他們才會發生那樣的事情，所以，才會被我看到。

我從夢中醒來，看見手機螢幕發著光亮，也震動著。

依舊是小豪，幾百則的訊息和電話。他應該很忙的，卻打了這麼多電話給我，何必呢，像我這樣麻煩的女友，分手不是正好嗎？

『我不會分手。』

『絕對不會。』

『我拜託妳接電話。』

『我回去找妳。』

『我辭職了，我在路上。』

我瞪大眼睛，從床上坐起來，看著他的訊息時間以及現在時刻，早上七點半。

「姊，妳怎麼這麼早起？」妹妹在一旁揉著眼睛。

「我要出去，如果小豪來的話，就說不知道我去哪。」我立刻起來換衣服，逃難似的離開家裡。

「姊！欸！姊，妳到底……」妹妹在後頭要追上我，但我已經衝出家門。

他見到我爸媽，會說些什麼？會說我們分手了嗎？還是說我們吵架了？

他想跟我解釋什麼？難道我就要原諒嗎？

我的心臟跳得好快，不曉得該怎麼應付這樣的狀況。如果可以，我想就這樣不見面地分開，不需要解釋，也不需要釋懷，就這樣傷心著，有一天就能忘記了。

所以我又來到公園，神奇的是，這麼早的時間，在這幾乎無人的公園之中，陳奕依然坐在那，就像終年不動般的，永遠在那。

彷彿，他的時間靜止在這。

「妳今天怎麼這麼早？」陳奕對我揮手笑著，「看起來臉色不太好呢。」

「我男友跑來找我。」我頓了下，「前男友。」

「妳昨天說你們要分手？為什麼？你們不是交往得好好的嗎？」

「你又知道我男友是怎樣的個性，又知道我們交往得很好了？」

「當然知道呀，小豪不是很疼妳嗎？而且和妳高中就曖昧了不是嗎？」陳奕說得理所當然，而我下意識地一愣。

他，知道我太多事情了。

「你是誰？」我看向他，「你根本不是動物之家的員工吧？你怎麼會知道我這些事情？」

「我說了，這個區域這麼小，什麼事情都——」

「對，這個區域這麼小，可是我卻不認得你。」我往後退，「你是誰？」

陳奕的臉一沉，露出有些悲傷的模樣。「妳大概忘記我了，但我一直都記得妳。」

「我認識你嗎？」國小同學？國小隔壁班？還是幼稚園的？

「我……我一直很想妳。」陳奕起身，想朝我走來，但我只是持續後退。

「你到底是誰？」

「我、我喜歡妳，大家都說，那是家人的愛，可是我覺得不是，是愛情的愛，就跟妳喜歡小豪、小豪喜歡妳一樣。」

我開始覺得害怕，「你想怎麼樣？」

「可是我、我沒有想做什麼，我只希望妳能開心就好。」

「怎麼可能，你喜歡我，是人都有私心的！」我要小心才行，不能倉促地轉頭就跑，這樣子很容易會被追上，誰知道他會做出什麼事情。

但是陳奕卻頓了下，「我、我沒有想要怎樣，這是真的，我等到我朋友，我就會走了……」

「你明明在這等女朋友，卻還說喜歡我，你真的……太奇怪了！」

「那不是女朋友，那是我的家人！」

「一下說是朋友，一下又說是家人！」我大喊，想引起周邊的人注意。

但或許在他人眼中，我們看起來就像是情侶在吵架吧，運動的長者和媽媽與孩子們，都只看了一眼，便繼續做自己的事情。

「妳不要抓我語病，我沒辦法講太清楚，但我真的不會傷害妳，也不會對妳怎麼樣……我真的、真的，只希望妳開心就好。」陳奕小心翼翼地往前一步，但我也立刻退後一步，我的反應似乎讓他很受傷，他垂下頭，繼續說：「我只是要講，妳明明喜歡小豪，為什麼要跟小豪分手？」

「不關你的事情！」

「如果有誤會的話，希望妳可以和他好好談，不要錯過彼此。」陳奕往後一退，「妳……大概不會再來了，但我還是會在這，希望妳能來陪我說話。」

接著，他退回到長椅上，然後坐了下來。

眼看他沒有要追上我的打算，我先是試探性地往後退，然後趕緊轉身逃走。

他真的沒有追來，而我卻嚇到心跳無法平復，終於在跑到圖書館後能夠稍微歇息，原本想進去避難，但手機忽然傳來震動，我嚇了一大跳，小豪已經找到家裡了！

『姊！妳跟小豪哥到底怎樣啦！』

『澧恩，拜託妳跟我見一面好嗎？我們談談！』

我都來不及看完顯示的訊息，小豪馬上又打電話來，我嚇一跳立刻掛斷，把手機再次開到勿擾。

不行，不能去圖書館，小豪一定能想到我會躲在圖書館，畢竟以前很常約在這。

肚子的飢餓感傳來，我撫著肚子，去任何早餐店都有被小豪找到的風險，我能去哪？忽然，我想到了一個地方。

動物之家的位置在稍微遠一點的地方，雖然我都有固定捐款，但並沒有去過那裡，也沒告訴過任何人，所以小豪不會找到那，而使用網路地圖搜尋，那附近也有早餐店，所以我立刻往那方向前進。

於是在附近吃完早餐，我進到了動物之家，櫃檯人員一看見我便熱情招呼，以為我是要來領養的，我尷尬地說：「我想請問一下，你們這邊有沒有一位叫做陳奕的員工？」

「陳奕？」對方疑惑，「沒有這一位呢，怎麼了嗎？」

連工作地點都是騙我的，他到底有什麼是真的？好可怕，他注意我多久了？

「小姐，妳還好嗎？」見到我臉色慘白，她有些擔憂。

「沒什麼，請問一下，我今天可以在這當志工嗎？」

「這麼突然嗎？如果要當志工，我們都需要先預約。」櫃檯人員有些為難。

「我是長期捐款者，應該有我的資料，能拜託幫幫忙嗎？我今天有一點事情不方便早回家，我什麼都可以做。」我哀求著，櫃檯人員半信半疑地查了我的資訊，果然有長期匯款的紀錄。

「真是非常感謝妳長年來的幫助。」她對我道謝，「但因為今天志工預約已經滿了，每一個工作都有人……」她翻找著資料停頓下，「啊，這邊有一個工作。」

「請交給我吧！」

「要去許獸醫那邊拿飼料，妳有駕照嗎？」

「有！我有。」我馬上拿出錢包裡的機車駕照給她看。

「那可以麻煩妳到許獸醫那邊嗎？許獸醫每個月都會捐贈我們免費的飼料。」

我立刻點頭，當然沒有問題，許獸醫是我們這區域知名的獸醫，為了小動物們奉獻了許多，還時常會去幫流浪動物們看病，是個善良的醫生。

於是我騎著動物之家提供的機車來到了獸醫院，他們已經準備好飼料放在門口了，我進去後和櫃檯打了招呼，許獸醫正好從診間走出。

「妳是新的志工嗎？」他一如我記憶中的和藹，「啊，妳是澧恩對嗎？」

「沒想到醫生還記得我。」

「當然呀，妳家的寶貝都是我看的，尤其妳還曾經帶恩恩來這呢，我記憶猶新，當時妳哭哭啼啼地要我快點救牠。」許獸醫笑了聲。

「那是好久以前的事情了，謝謝許醫生這些年來如此照顧我們家的寶貝。」我對他的感謝是說不完的。

而許獸醫帶著一絲欣慰與不捨，「妳這次是特地回來陪恩恩的吧？」

「嗯。」我苦笑。許獸醫診斷，恩恩已經剩沒幾天了，以貓的年紀來說，已經是個老奶奶了。

恩恩的身體一定非常不舒服，可是她卻還是努力地陪伴著我們。

「是時候了，就該讓恩恩安心地離開，那些藥物要按時讓恩恩服用，牠會舒服很多。」許獸醫溫暖地說著，我強忍眼淚點頭。

「謝謝許獸醫，那我要拿飼料回動物之家。」

「沒問題，就在那，妳去拿吧。」許醫生笑著，可就在此刻，我卻看見了掛在動物醫院等待處那相片牆的其中一張照片。

那是我，小學時期的我，還沒有遇到恩恩以前的我。

裡頭的我看起來有些擔心，抱著手中的小狗輕柔安撫著。

我倒抽一口氣，沒想到會在這情況下，再次看見他。

許獸醫似乎發現我的停頓，他上前拍了我的肩膀。「那件事情不是妳的錯，妳要知道，牠還是很愛妳。」

我覺得呼吸困難，怎麼離開動物醫院回到動物之家的，都忘了。

那一天，當我回到家的時候，已經是晚上九點多。

好在小豪沒有在家裡等我，但是他來過的事情，爸媽都知道了。

「你們有什麼話不能好好講嗎？」

「小豪看起來很憔悴欸。」

「妳就不要這樣任性了，小豪為了妳工作都辭掉了。」

「有什麼誤會也要當面講啊。」

「小豪幾乎找了所有的地方都沒找到妳，他還在我們家吃了晚餐呢。」

「妳等等一定要打給小豪，知道嗎？」

爸媽完全站在小豪那，我不發一語，就連妹妹問我，我也不回應。

那是我的事情呀，是我和小豪的事情。

洗完澡後，我單獨坐在漆黑的客廳中，陪伴著恩恩，看著她的呼吸似乎越來越緩慢。

然後輕輕地說：「恩恩呀，如果妳真的很累了，不用陪姊姊也沒關係，妳就放心地去奔跑吧。」

恩恩濁白的眼睛看著我，明明知道她已經看不見了，但我還是認為她就是看著我。

「恩恩，我今天看見他的照片。」我眼眶有些濕潤。

恩恩拍動了一下耳朵。

「我還是很難過，為什麼大家都說時間過去就會淡忘了呢？我沒有呀，我一樣痛苦、一樣懊悔，我會想著，如果當時我不那樣的話，他今天還會在這裡……」

濕潤的沙沙感滑過我的指尖，恩恩居然舔了我，明明這麼虛弱，她卻用盡力氣，就是為了安慰我。

「恩恩呀，姊姊好像什麼事情都做不好，就連小豪，我也都……」我哭了起來，「其實，我知道他真的沒怎樣，我也想和好，可是我……我都不知道我到底是……」

那天我似乎在恩恩的旁邊哭到睡著了，作了一個夢。

在夢裡，我還是現在的年紀，與恩恩還有他在公園中奔跑嬉戲，接著小豪會從公園外頭進來，我們四個會一同在公園散步。

多麼美好的夢呀。

Day 5

大概是在恩恩旁邊睡著後冷到了，半夜我不知不覺間回到床上，就這麼一覺到天亮，錯過了逃離家的時間，所以當我睡醒後到樓下時，小豪已經在我們家客廳了。

我瞪大眼睛，對上他急切卻又礙於父母在場而不敢衝動的表情，他看起來十分憔悴，但此刻我剛起床，臉都還沒洗，明明在吵架……不對，是分手後。

我這麼醜的居家模樣，居然被他看見，分手後應該要表現得光鮮亮麗，才不會像是沒有他，我就很慘一樣。

「你來做什麼？」我說，小豪開口就想要解釋，但我卻先被媽媽打了一下。

「講話這麼沒禮貌，快去換衣服過來吃早餐，兩個人好好談談！」

吼！媽！我在跟男朋友吵架！給我一點面子好不好！

但這些話我都沒能說出來，氣呼呼地轉身往樓上走，立刻刷牙洗臉，把自己打扮了一下後，才走下樓梯。

但一下樓梯，我就知道自己被晃點了，爸、媽和妹妹都不在，只剩下小豪一個人站在客廳中央。

「澧恩。」他喊我的名字，一如往常的軟甜。

「你不知道我不想見你嗎？」

「我知道，所以我更要找妳。」他走了過來牽上我的手，但我立刻甩開。

「喵～」恩恩在後頭吃力地喵了聲，我趕緊來到她身邊。

「恩恩，怎麼了，不舒服嗎？」我擔憂地說，看著她貓手的點滴，劑量也沒問題呀。

小豪跟著站到我身後，也有些擔心。「恩恩還好嗎？」

「許獸醫說要讓她輕鬆一點。」我看著恩恩，努力扯出笑容。「恩恩，姊姊不要緊的。」

或許恩恩這小小的身體，只是為了我的不捨而在苦撐，我看了一旁的藥包，止痛藥已經提前用完了。

「喵～」恩恩看著我後方的小豪，又看了我，明明濁白的眼珠已經看不到任何東西了啊，她是靠動物的直覺鎖定我們的位置嗎？

而我懂得她的意思，她要我別任性了，好好跟小豪溝通。

「澧恩，我喜歡妳，過去是妳，現在是妳，未來也一直只有妳。」小豪站在我身後，堅定地開口。「那是個意外，但我也有錯，妳明明說過不喜歡，我卻沒有好好拉開距離。」

「你知道我有多難過嗎？」

「我知道。」

「看到那樣的畫面，我一輩子都不會忘記。」

「對不起。」

我咬著下唇，手放在恩恩的身上，忍不住哭了起來，而恩恩奮力地撐起上半身，然後舔了我的臉頰，擦去眼淚。

我抱住恩恩，她這麼努力地想要我誠實面對自己，在她面前，我也要努力才行。

所以我轉過身，看著小豪。「答應我，這輩子不會再犯一樣的錯了。」

小豪如釋重負，用力點著頭。「絕對不會。」

我深吸一口氣，摀著自己的臉，淚水潰堤。他上前抱住了我，而我則用力捶了他好幾下。

那一天，我偷偷到了飲料店，想要偷看小豪工作情況，卻看見他又和那個女生一同當班。

當時沒什麼客人，女孩似乎喋喋不休地在講些什麼，小豪愛理不理的，而女孩則開始動手動腳，推著小豪似乎在說些「敷衍欸！」、「認真聽一下！」之類的話。

而小豪似乎被煩到受不了，想嚇唬那個女孩，於是雙手往兩旁張開，上身些微前傾，發出嚇唬的壯聲詞。可是就這麼巧，那女孩也正好要伸手拿東西，就這樣的，兩個人居然碰到了嘴唇。

嚴格說起來，是撞上的，撞得還挺大力，女孩第一個反應也是蹲下來捂住嘴巴，似乎牙齦流了血。而小豪當下則往後退了好幾步，就在他轉過頭，看見我站在對街。

於是，我逃跑了。

然後接到妹妹打來的電話，提到恩恩快不行了，所以我馬上打電話給店長，收拾東西後，搭著高鐵回到這裡。

那是意外我知道。但是，我就是難受。

我的男朋友，怎麼可以碰到別人？怎麼可以被別人碰？

小豪承受了我所有的攻擊，不斷說著對不起，然後緊緊抱著我。

無聊的爭吵延續不到一個禮拜，要是分手的話，就沒辦法度過我們的兩週年了。

七夕那天，不僅僅是情人節，也是我們在一起的日子。

而恩恩看到我們抱在一起後，發出了滿足的咕嚕聲，接著便昏迷了。

□

在小豪抱起恩恩的時候，我趕緊打電話給爸媽他們，說著恩恩好像要不行了，結果他們三個人根本就都在家門外面等，於是急忙地，我們五個人開著車，來到了許獸醫的醫院。

許獸醫並沒看很久，只告訴我們說：「恩恩的時候到了，把牠帶回家，讓牠好好地離開吧。」

我和妹妹都哭了起來，即便都知道恩恩來日不多，但真的到分別時，我們誰也都沒做好心理準備。

小豪陪著我們直到晚餐完畢後，才依依不捨地離開，那天夜晚，我們一家人在客廳圍著恩恩一起入睡，每個人都說起自己與恩恩的獨特回憶。

「一開始姊姊把妳帶回來的時候，我真的好生氣啊，因為媽媽覺得貓是邪門的動物，跟狗不一樣啊。可是啊，恩恩好聰明，在姊姊和妹妹都去上課，爸爸去上班的時候，都是恩恩在陪伴媽媽的，甚至媽媽有次跌倒暈倒時，恩恩還跑去找了鄰居過來幫忙，怎麼會有貓這麼聰明？媽媽覺得自己好羞愧啊，明明恩恩是這麼可愛。」媽媽邊說邊摸上恩恩的頭，她輕微拍動了尾巴，媽媽哽咽地說：「恩恩，媽媽現在好好的，希望妳也能好好的，去任何妳想去的地方吧。」

「恩恩喔，爸爸的肚子，永遠歡迎妳回來躺。爸爸的頭，也隨時都可以讓妳舔，無論什麼時候，妳都可以回來這個家，這裡永遠、都是妳的家。」爸爸說不下去，別開了頭拭淚。

「恩恩呀，我是妹妹呀。姊姊帶妳回家的時候，妳就已經比我和姊姊大了，所以其實妳才是大姊姊呢。我永遠記得妳剛到我們家的時候，那麼的怕人，總是縮在沙發下面，晚餐也不跑出來吃，都一定要等到一樓沒人了，妳才會出來。所以當妳第一次願意在我腳邊吃飯、願意讓我觸碰、願意躺在我身邊睡、願意讓我看妳的肚子……願意……」妹妹哭了起來，「我很希望妳能再陪我們久一點，可是……妳已經很努力了，這段時間有妳的陪伴，對我來說……是人生中最幸運的事情。」妹妹親吻了恩恩的頭，而恩恩也舔了一下舌頭回應。

我看著恩恩，這是她的最後一夜了，此刻，我就是有明確的，這樣的感覺。這並不是第一次和我心愛的寵物道別，恩恩如此特別的原因，是因為是他帶來的。

Day 6

恩恩是我在公園撿到的，而帶著我找到恩恩的，是奕奕。在我升上小學的時候，爸爸帶回了奕奕，是他同事家裡生的小狗。

「澧恩長大了，要懂得照顧狗狗，知道嗎？」爸爸當時如此說著。

那是隻白色的小狗，我覺得看起來有點像瑪爾濟斯，但是爸爸說他是混種的，並要我幫他取名字。

「我是澧恩，所以我要叫他依依。」我開心地抱緊著我的小依依。只是當我和爸爸帶著他去打晶片的時候，才得知震驚的消息，依依不是小女生，而是小男生。

「那這樣就不能叫依依了。」我扁嘴，靈機一動，將他的名字寫為「奕奕」，發音有一點像，可是卻男子氣多了。

在那段時光中，和四歲的妹妹比起來，我更常和奕奕一起玩樂，我覺得奕奕說不定是我上輩子失散的手足，我說的每句話奕奕都聽得懂，我時常說著，我養到了天才狗狗。

「要是奕奕會說話的話，他還能幫我們家接電話呢！」我總是驕傲地對著同學們說。

「狗就是狗，主人都以為自己家的狗很聰明，但其實只是狗啊！」我還記得當時某個男同學這麼說。

「真的！我家奕奕聽得懂我說的話，不信的話，你們今天就來看啊！」我當時好氣，氣大家把奕奕當一般的小狗。

所以那一天，我帶著大家回來，對著奕奕說：「幫我拿藍筆過來！」

奕奕先是歪頭，然後往房間跑去，小小的身體隨著跑步導致毛髮飛舞，看起來超級可愛。

然後，奕奕真的咬來了藍筆。

大家都很驚訝，紛紛開始指使奕奕，但奕奕只是坐在我面前，朝我笑著。

奕奕只會聽我的話，除了我以外，爸爸、媽媽的話他也不會聽。

「奕奕，過來抱抱！」我朝他伸手，奕奕飛快地跳入我的懷中。「等我長大，我就要帶奕奕去很多地方玩，帶奕奕環遊世界！」

「汪！」奕奕開心地叫了。

後來，我們撿到了恩恩，那是帶著奕奕去公園散步的時候，忽然下起了大雨。這雨來得又快又急，瞬間地面已經積了水窪。我趕緊拉著牽繩要帶奕奕回家，可是他卻忽然往前奔去，力氣大得我都拉不住。

「奕奕！不要亂跑！下大雨，我看不見你呀！」我慌張地在大雨中吶喊，奕奕小小的白色身影在雨中消失，可是我聽得見他汪汪的叫聲，終於在草叢邊找到淋濕的他。

我驚慌地要抱起他，但奕奕卻一直往草叢裡衝，就是在這時候，我發現了恩恩。

就這樣，我們把恩恩帶去許獸醫那做了檢查，而後也帶了恩恩回家。

恩恩一開始非常地不習慣，甚至是害怕，她還會抓我們的手呢，可是唯獨奕奕，恩恩和奕奕相處得很好，她只能接受奕奕在身邊。

每次吃飯的時候，奕奕就會去沙發下汪汪叫著，要把恩恩也帶出來吃飯，可是恩恩很怕生，最後都是奕奕一個人出來吃，吃飽了又回去沙發下陪著恩恩。

隨著時間，恩恩終於放下了警戒，會對我們大家撒嬌，期間她最喜歡跟奕奕待在一塊兒，一貓一狗時常趴著一起睡覺。

「沒想到貓和狗這麼合啊！」媽媽曾經不可思議地這麼說著。

我們都以為，這樣的光景會持續很長一段時間，卻沒想到奕奕陪伴我們的時光，會如此的短暫。

□

「姊，姊姊！」我在睡夢之中被搖醒，張開眼睛看見妹妹泫然哭泣的臉，而一旁的爸媽也表情黯淡，我立刻看向恩恩，她安詳的模樣，看起來就像只是睡著了般。

我哭了起來，恩恩離開了，在我們睡著了以後，她一個人先走了。

□

「恩恩的骨灰，確定要一同撒在奕奕的盆栽嗎？」許獸醫端著小小的罐子給我們。

「嗯，他們是最要好的朋友，兩個這樣有伴。」媽媽說著，臉埋到了爸爸的肩膀，哭了起來。

「你們把奕奕和恩恩都照顧得非常好，貓和狗也是有表情的，我每次看見牠們，都覺得牠們在笑呢。」許獸醫看著相片牆上，那有著我和奕奕的合照。

「我……沒照顧好奕奕，我害死了他。」我大哭，這些年來我的罪惡感從來沒消失過。

「澧恩啊，那不是妳的錯。」爸媽這麼說。

「不是我的錯，那是誰的錯？是我禁不起激將法，所以才害得奕奕他……」我哽咽，再也說不下去。

「澧恩，千萬別這麼說。」許獸醫的手放到我的肩膀上，「就像妳也會無條件保護奕奕和恩恩一樣，那一天，奕奕也是選擇保護了妳。」

「但如果是我自己摔下來，我頂多受傷，可是奕奕卻、卻死了啊——」

那是一個風和日麗的午後，我帶著奕奕來到那座常去的公園，班上的幾個同學也在那裡玩，他們見到了奕奕很是歡迎，一邊說著許多指令要奕奕去做，可是奕奕不會聽他們的話，就趴在我的膝蓋上休息。

「澧恩喔，妳叫奕奕做點什麼吧。」

「要叫他做什麼？」

「去買飲料吧？」同學異想天開。

「奕奕再怎麼聰明都不可能會買飲料啦！他又不會說話！」我笑著。

「那去販賣機呢？」男同學又說。

「奕奕要怎麼投錢？他又沒有手。」我擺擺手。

「那奕奕什麼都不會啊！」男同學氣了。

「奕奕就是小狗，你對小狗要求什麼。」我哼了聲。

「好吧，那小狗奕奕做不到的，主人總做得到吧？」男同學比了一旁的立體方格鐵架，「我們去玩那個吧！」

我看著非常高的鐵架，還有那中間格子彷彿是大孩子才有辦法穿過的寬度，立刻搖頭。「我不要，看起來好危險。」

「妳不敢喔，在那邊說什麼奕奕很聰明，不是一般的小狗，結果要牠做什麼都不行，這時候又變回一般的小狗了。」

「奕奕本來就很聰明，我又沒有說錯！」我大吼。

「好啦好啦，就當妳沒有說錯，那我就不找奕奕麻煩好不好。現在約妳玩鐵架也不行，真的是鰤～」男同學討人厭的話語成功激起我的好勝心，加上同學們也都在一旁鼓譟。

「好啊！玩就玩！」我把奕奕放到了一旁的長椅，然後走到立體方格鐵架旁。

「我們比賽，看誰最快爬到頂端。」

「那有什麼難的！」

「汪汪！」奕奕在長椅原地轉圈，似乎十分緊張。

「那就預備——」男同學說，「開始！」

然後快速往上爬。

我也跟著往上，雖然我比男同學高一點點，可是他的速度好快，像是蟑螂一樣鑽鑽鑽地一路往上，而我是第一次爬這鐵架，因為太過緊張，所以流了手汗，好幾次都差點滑掉。

「加油、加油！」

「汪汪汪！」

大家在下方吶喊鼓譟，奕奕擔憂地汪汪聲不斷傳來，這些聲音好像都成為了我的動力一樣，告訴自己一定要贏，就這樣奇蹟般的，我居然比男同學還要快地到達最高端。

「可惡！」男同學懊惱地說，「妳不是第一次爬吧？」

「我是第一次爬喔！」我驕傲地，對著下方的奕奕揮手。「看看姊姊……」

就在這瞬間，不知道怎麼地，我眼前的世界顛倒了，周遭傳來眾人的尖叫聲音，還有奕奕的叫聲，然後「啪」的一聲，我跌到了地上，可是卻沒想像中的痛，反而是我的背疊在彷彿沙發般柔軟的東西上。

然後，是一陣濕濡。

「啊……啊啊！小狗被壓扁了！」我聽見有人尖叫，再來我只記得自己去摸背的手掌，有一片血紅，便暈倒了。

我把奕奕壓死了。

在我跌下來的時候，奕奕從長椅上跳下來，像是想要扶住我一般的，成為了我的肉墊。

他明明不敢從長椅上跳下來的，為什麼要救我？為什麼？

我把自己最好的朋友、最好的家人給害死了！

後來，那立體方格鐵架便拆掉了，唯有那張長椅還在，可是從那次以後，我不再經過公園了，因為我總會想起自己的魯莽，害死了我親愛的奕奕。

□

我將恩恩的骨灰撒在奕奕的盆栽之中，流著眼淚一邊說：「奕奕，你要好好照顧恩恩，對不起，奕奕，姊姊害死了你。」

「姊姊，奕奕不會那樣想的。」妹妹搭上我的肩膀，靠著我說：「奕奕那麼喜歡姊姊，他一定很高興自己救了妳。」

我看著湛藍的天，努力不讓淚水滑落，至少現在，奕奕和恩恩在一起了。

恩恩離開的第一天，我想帶著花束到當初發現她的公園，也想送束花給奕奕。

不過，因為有點擔心陳奕會在那，所以我約了小豪一同前往，同時也因為今天是七夕，我們交往的兩週年紀念日。

我抵達公園的時間是上午十點多，已經有許多人在公園中活動，果然又見到陳奕坐在長椅上，我猶豫著，想等到小豪到時再進去，可是我卻發現陳奕開心地對某個方向打招呼，我順著看去，是一個老婆婆。

我忽然想起來，他說他在等人，今天一定會來，原來是在等外婆之類的嗎？

陳奕溫柔地牽起了那位老婆婆的手，開心地搖晃著，老婆婆也笑咪咪的，忽然陳奕注意到我了，他先是錯愕，接著對我用力揮手。

「澧恩！澧恩妳來了！太好了，我好怕見不到妳！」他的聲音實在太大，我有些尷尬，只得進去公園。

反正，還有他的外婆在，應該沒關係吧。

「妳好。」我對那位老婆婆頷首，她看起來和藹可親，笑咪咪地看著我。

「我們今天就要走了，能在離開前再次見到妳，真是太好了。」陳奕興奮地說著，但表情看起來有些微不捨。「抱歉，前兩天讓妳不高興了。」

「沒事啦。」我稍微扯了嘴角，而陳奕注意到我手中的花。

「花好漂亮呀，小豪送妳的嗎？」

「不是，我要送給我家的貓。」我走到一旁的草叢，將花放到上頭。「我當初是在這裡發現我的貓。」

「哇，好棒呢！」陳奕用手肘頂著一旁的老婆婆，動作一點都不溫柔。

「謝謝，謝謝。」老婆婆不知道為什麼，看起來十分感動，對著我道謝。

「那另外一束呢？」陳奕好奇。

我抿唇，放到距離長椅不遠的位置，那曾是立體方格鐵架的邊緣，也就是我壓扁奕奕的地方。

「送給我的寶貝。」我說，眼眶含淚。

當我抬頭，看見陳奕張大嘴巴，他的表情看起來非常驚訝，同時也驚喜萬分。「原來妳還記得！我以為妳忘記了，我好開心！」

他在說些什麼啊？

陳奕掉下眼淚，但飛快地擦掉，他臉上盈滿笑容，臉紅通通地說著：「我差點忘記介紹，她是陳恩。」

「你們都姓陳呢。」我禮貌性地回覆。

「因為我們的姊姊姓陳！」陳奕又說了怪話，明明應該是爸爸姓陳才對。

「澧恩！」小豪的聲音從後方傳來，我回過頭，看見他帶著花束跑來。

「小豪來了，那我們要走了喔！」陳奕牽起陳恩的手，兩個人對我一起揮著。

「澧恩，我想跟妳說，我真的、真的很愛妳。」

「妳要幸福快樂喔，姊姊。」陳恩開口。

我訝異地看著轉身離開的他們，為什麼他們講話會這麼奇怪？

「澧恩，我來了。」小豪帶著笑容，輕擁了我一下。「妳在跟誰講話嗎？」

倏地，我的眼淚掉了下來，為什麼我會沒有發現？

我朝陳奕和陳恩的背影大喊：「奕奕——恩恩——」

他們兩個開心地回過頭，對我用力揮手著。

「姊姊，我們能被妳愛著，真的很幸福喔！」他們的笑容逐漸消失，化為白色的小狗與橘色的小貓，消失在我的眼前。

「澧恩，妳怎麼了？」小豪擔心地問我，在他的眼中，沒見到什麼青年和老婆婆，從頭到尾，都只有我一個人在這說話。

我大哭了起來，我親愛的奕奕，他明明就在這麼近的地方，為什麼我會沒發現他的名字跟奕奕一樣？

「奕奕，姊姊對不起你——」要是知道他就是奕奕，我每天都會過來，我一定不會怕他。

姊姊，我愛妳喔。

我一愣，那傳入腦海的聲音溫暖了我。

溫柔又聰明的奕奕，回來接恩恩離開，這麼多年過去，奕奕一直都在我們的身邊守護，所以他才對我這麼熟悉。

「湋恩，妳不要哭了，恩恩一定不會希望妳這麼難過。」小豪從來不知道我還有過一隻寵物，不知道奕奕的存在。

因為奕奕對我來說，是最特別的存在，不僅僅只是寵物那麼簡單。

他陪伴我度過童年時期，帶給了我許多溫暖與快樂。

我擦乾眼淚，看向天空，那美麗的雲朵彷彿變成了貓與狗的模樣。

「小豪，我要跟你說一個故事……」
關於我那個，最特別的夥伴。

七夕

／ 苓菁

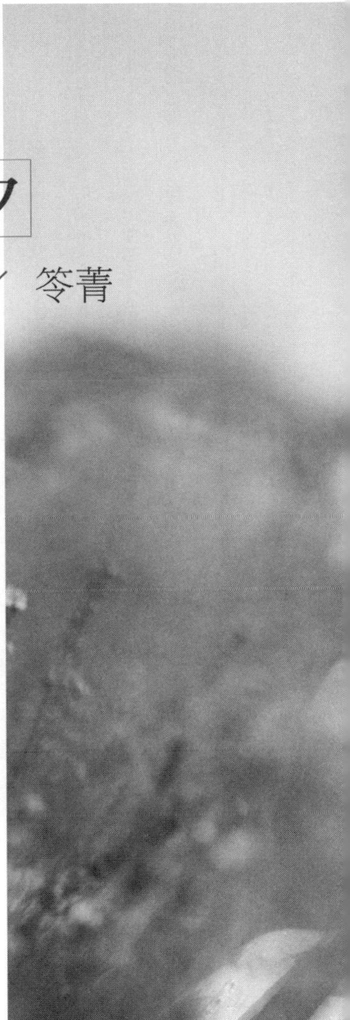

楔子

日曆上在三天後畫了一個紅圈，明明時間還沒到，她卻已經迫不及待，在鏡子前試穿新衣服，想著該選擇什麼髮型？這算是進入職場後的第一次見面，她已經不再是去年那個隨興穿的大學生了！

一年只見一次，她絕對不能馬虎！

「還在試穿？」男人從客廳走來，語氣難掩不滿。「不就一個社團聚會嗎？妳也太認真了吧？」

「一年一度，我很重視的好嗎？」江心瑜認真地在鏡前看著，「之前大家都只是學生，現在都變成社會人士了，風格一定要不同。」

「所以？」男友許政宇不懂她的點。

「所以我想要讓他……們看見我不一樣啊！」她回頭看向門口的他，「你如果是在大學時認識我，才不會想跟我交往呢！」

「會嗎？妳平常不就這樣？素素的很可愛？」男友走了進來，冷不防地從後環抱她。「我就喜歡妳這種樸素又肉肉的女孩。」

樸素……江心瑜擠著笑容，望著鏡子裡的自己，以前大家都笑稱她像村姑，好聽就是純樸可愛，難聽就是俗氣。

她不喜歡，過往的她不會打扮，但現在不一樣了！她知道怎麼打扮，雖然還不熟悉，至少擺脫那種土樣子了吧？

她希望讓「他」看見現在的她。

看著鏡子裡的男友，心中有一絲愧疚，政宇是她交往半年的男友，之前在工作上與其他家公司合作時認識的，因為那個案子越走越近，就這麼在一起了；她也很喜歡他，兩個人在一起很快樂也很幸福，只是她心底深處始終有個秘密位置，裝著某個人。

許政宇親吻了她的臉頰後，便又轉身走了出去，江心瑜有點疑惑地從鏡子裡瞅著他離去的背影，意外他的寬宏大量。

「你知道我大後天要社團聚會吧？」她小心翼翼地走出去，靠在房門口說著。

「知道啊！」許政宇瞥了她一眼，抓起遊戲機準備繼續玩。

江心瑜轉了轉眼珠子，他這麼從容讓她有點驚訝，但也有點失落，政宇是不是不記得大後天是什麼日子啊？她歪著頭轉身回到房間，再看了眼月曆上的紅圈：農曆七月七日。

那天是七夕情人節、他們交往後第一個情人節耶，她以為他會很不爽地抱怨：哪有人情人節辦什麼聚會的，而且她還非去不可。

結果竟然一點反應都沒有，難道是想給她驚喜嗎？江心瑜被弄得侷促不安，都不知道該不該主動提了！哎唷。

大學時，她參加了一個很有趣的社團，叫「去死團」，來參加的都是單身者，一開始多半都是找不到伴、或是一般人不會青睞的人們，而且多數內向、有著類似喜好……對，就是宅，所以在一起時反而毫無壓力又很愉快。

社長叫大牛，是個噸位很大但其實相當開朗成熟的人，才會創立這個社團，還想了一堆搞笑的活動與遊戲！例如每逢情人節就是他們社團的大日子，在校內訪問情侶們各種送命題，或是晚上看電影時網路選位，刻意把情人座隔開等等，淨做些有點陰損的事，但卻絕對符合他們「去死團」的宗旨。

第二年，因為去死團活躍，成為校內知名社團，開始加入大批新人，這一批進來的就跟創始社員不一樣了，因為大多是「現在單身」、「暫時單身」，具特色的俊男美女可不少，全都是來湊熱鬧的。

不過社規有明文，只限單身者加入，所以一旦交往就是退社，當時還有人嗆聲鬧不公，幸好大牛鎮得住，有一說一，入社時規則清清楚楚，才沒空聽他們囉唆。

與許多流行現狀一樣，火紅都只是一陣子的事，而去死團沒多久就不再受到矚目，來蹭熱度的社員逐漸消失，社員來來去去，最終剩下的居然還是創社一開始的原班人馬。

他們這群很難受到他人青睞的人們。

大牛超過百公斤，光身材就很難有人喜歡，長得的確也不帥；副社長則是沉默寡言的宅代表，瀏海都蓋掉眼睛了，想看清楚他有困難，而且非常難聊天；而她呢？她是微胖型的女孩，以大學男生的眼光來說，只要不是身高一六五體重四十大概都是肥豬，所以……對！她是肥豬。

她從小就是圓潤型的女孩，因為如此也不講究打扮，寬鬆舒服就好，髮型自然也不會去在意，隨手一紮只要不礙事就行，直到溫展禾出現。

他不是美型帥哥，但五官深刻、相當耐看，大三時加入社團，當時備受情傷所苦的他，需要一個療傷的環境，需要有一群朋友讓他分心，她還記得他踏進社團時，社長劈頭就說：「你這種的？三個月後還單身再來說。」

因為他真的怎麼看都不會是單身的類型啊！

笑起來時非常陽光，一八五的身高還是運動健將，就算不主動追女生，也有不少女孩子會喜歡他，這種人跟去死團是沒有關聯的！

但他就是留下來了，跟大家一起聊動漫聊到瘋狂，一起去看電影、一起買模型，沒有幾個月就融入了他們這票創始社員中，而且直到畢業前，他真的都維持單身，以去死團的身分順利畢業！

走回房間的江心瑜心跳悄悄加速，沒有錯，她一直單戀溫展禾。

這份心情她一直放在心底，沒有人知道，單戀又不犯法，那份喜歡她埋在心底深處，自己細細品味就行。

她知道他不可能喜歡她，像她這樣的女孩……現在能有男友已經偷笑了，她身上不會有一見鍾情這種事發生，得靠細水長流的日久生情，所以她跟許政宇現在才能在一起。

被告白很意外，被喜歡很幸福，她也很喜歡現在的男友，但她缺乏自信，覺得能有人喜歡她就很感激了。

不過，這不妨礙溫展禾在她心底的位置。

人總會有個憧憬想像的對象吧？像許多男人心中會有個遙不可及的女神，遠觀著、想像著，但知道自己永遠不會有機會！但正因為這樣的幻想，所以想像空間才會多，反正不會跟對方在一起。

一年好不容易能見上一面，能留下合照，她希望每次出現都能容光煥發。

瞄著牆上一幅照片，她半側著身子在笑著，那天的風很大，吹得她長髮亂舞，但是照片裡的她卻笑得既開心又自然，那是連她都覺得自己很漂亮的瞬間。溫展禾是個喜歡拍照的男孩，連她都不知道那是什麼時候拍的，她竟能有如此好看的時候。

這可是溫展禾送她的畢業禮，不過，當然不會讓男友知道是誰拍的。

『最後確認，誰百分之百會到？』群組訊息跳了出來，是社長。

江心瑜第一時間就回答了她會到，然後看著一個接一個人的回應，來吧！拜託他一定要來……

『我會到喔！』

耶！江心瑜喜出望外的看見溫展禾的回覆！他會去！他還是會去！真的太好了！她抱著手機難掩激動。

「欸，寶貝！」許政宇的聲音突地從客廳傳來，「不對耶！我發現大後天是七夕情人節耶！」

來了！江心瑜緊張地放下手機，看著男友走進房間。

他們對望著，許政宇略蹙起眉，她則深吸了一口氣。「對啊，所以我們社團只聚中午！」

「啊……中午啊……」他有點遲疑，「怎麼會有聚會辦在情人節啊？」

「因為我們是去死團啊，記得嗎？我跟你提過我大學的社團。」她站了起身，從許政宇困惑的眼神中獲得一絲失望。「就是去死去死團，情人節本來就是我們的大日子，所以畢業後依舊維持這個傳統。」

「但妳現在不是單身啊，再也不是去死團了？」男友顯得費解，「這樣參加活動不是太奇怪了！」

「很多人都不是，這只是畢業後的聚會而已，所以我們只約在中午聚餐，不影響與情人晚上的約會。」她小心地說著，不停觀察男友的神色。

許政宇像在煩惱什麼似的掙扎，搔了搔頭，幾度欲言又止。「啊不然我跟妳去？」

「不行喔！我們是去死團，嚴禁攜伴。」她笑了起來，「至少在聚會的幾個小時內，必須是單身狀態。」

「這太怪了，大家的另一半都同意？」許政宇覺得莫名其妙。

江心瑜望著他，嘴角的笑容有點僵硬。「你覺得……我跟朋友聚會，需要得到你的同意？」

許政宇一怔，立刻不耐煩的倒抽一口氣。「厚唷！」然後半回身地想往外走。

她斂起笑容，那聲厚唷聽得真令人極度不快。「厚唷什麼？」

「妳又在找麻煩啊，這麼敏感幹嘛，我就隨口說了一句啊……而且這也沒錯吧，情人節跟別人聚會，哪個情人能接受？你們社團都沒在尊重另一半的喔？還來講我？」

「我剛說了就只聚中午，晚上一樣過情人節啊。」江心瑜盡可能平心靜氣，「我們都有考慮到，盡量找一個兩全其美的辦法了。」

「就不要在情人節辦聚會不就好了？」許政宇顯得非常不爽，「硬要辦還不許攜伴？」

「這就是我們社團，去死團帶情人像什麼樣子？」江心瑜實在有點惱，因為許政宇的態度非常差。「我們每天都在一起，情人節那天也就中午一下下……」

「不一樣！情人節很重要，我就想中午跟妳吃飯！」許政宇分貝略高了些。

哦？江心瑜些許愧疚。「你……記得情人節喔？」

許政宇突然一凜，即刻避開了她的眼神。「當、當然啊！妳問這什麼廢話？」

「是嗎？因為我前幾天跟你說社團聚會時，你完全沒提到那天是情人節的事。」江心瑜好奇地看著他，「到剛剛我暗示你時，你也沒想起來，我以為你根本沒安排……」

「哎呀，我只是一時、一時沒想到而已！」許政宇尷尬地說著，帶著點惱羞。「反正就是中午一起吃飯吧？」

「你已經訂好餐廳了嗎？哪裡？」江心瑜有些緊張了，沒感覺到他記得情人節啊，居然已經訂好了！而且選中午也太奇怪，一般不是晚上慶祝嗎？

許政宇望著她，明顯地抿了抿唇。「……秘、秘密！那是驚喜，還不能讓妳知道！但妳現在時間能挪出來嗎？」

中午……江心瑜看向床上的手機，搖搖頭。

「不行，我先答應社團了，我得去。」她肯定地說，「我們喬晚上好嗎？」

「晚上？小姐，那天是情人節耶，現在沒訂餐廳哪訂得到？」許政宇越來越大聲，「妳這樣突然說晚上，叫我怎麼有辦法應付！」

「那你突然說是中午，我又怎麼應付？」江心瑜也不知道哪來的勇氣，突然就衝口而出了。「在這之前，我沒有感覺到你記得情人節啊！」

彼此都像是在宣洩自己的不滿一樣，小小的房間裡，載滿著情人間的憤怒。

許政宇氣得胸膛劇烈起伏，但他選擇轉身，江心瑜沒有追出去，她聽著他步伐在客廳待了幾秒，然後走向玄關，最後關門離去。

這樣也好……呼，她緊張地舒了口氣，兩個人拉開距離跟時間，讓彼此靜一靜。

他不能這樣說什麼是什麼，社團的聚會她先答應的……事實上就算他提早說，她也不會答應！因為去死團的社聚是定番，一年一度，就在七夕情人節的中午。

這是第二年了，不需要先排的固定行程，硬要算先後，許政宇絕對是後面。

如果溫展禾沒去，她也是會到的，因為去死團為她的大學生活添上了最斑爛的色彩，這是極為重要的友情與意義，不是愛情能輕易取代的。在那個被忽視被嘲笑的時代，只有在社團裡，她才能感受到自己並非隱形。

拿起手機，她理了理心緒後還是傳道歉訊息給許政宇，交往前，她就提過去死團的事跟每年七夕相聚了，或許他沒聽進去，但她的確有提過；總之，情人節她還是很期待，這可是他們交往後第一個情人節耶！

她不需要鮮花禮物、也不需要高檔餐廳，買便利商店的麵包，兩個人坐在河堤邊看夜景，也是一種幸福啊！因為情人節的重點是「情人」，不是美食或是禮物吧？

她當然想跟他共度七夕，社團聚會後，他們到哪兒都行，好嗎？

傳了訊息後，未讀，江心瑜不在意，因為政宇的性子她懂，現在可能正騎著機車在路上馳騁著發洩怒氣，也可能早看見每一封訊息傳送時跳出的視窗，只是沒進聊天室就不會顯示已讀罷了。

她先去洗個澡，等他平靜下來後，就會好好回她的。

社團很重要，他也很重要，她不認為選擇了愛情就必須捨棄友情，這都是構築她人生重要的東西，如果一個人真的愛對方，不會希望他捨棄任何一塊人生的拼圖。

「沒事的。」她喃喃告訴自己，仰頭看向牆上的照片。

沒事的。

第二年

江心瑜帶著一顆雀躍的心，照著地址走向約定的餐廳，結果遠遠一看見招牌，她就忍不住噗哧笑了起來。

「曠男怨女燒肉」，真有他的！這種店都找得到。

她今天穿一件鵝黃小碎花A字長裙，可以修飾她微胖的身材，還罩了件薄紗小外套，顯瘦不少；天氣太熱真沒辦法留著飄逸長髮，所以她紮了個韓式丸子頭，兩側的鬢邊用電捲棒燙捲，這樣不但能增添幾分氣質感，又能遮去圓肉的大臉。

不知道溫展禾這一年變得怎麼樣了？她今年已經大改變了，他呢？還有大牛總是一直說在減肥，也不知道真的假的，她知道雲鵲也變了，牙齒矯正後完全變一個人，而副社長根本沒社群帳號，要不是這個一年一會，根本沒人知道他的近況。

「江心瑜？」身後突然傳來熟悉的叫喚聲，「妳該不會是江心瑜吧？」

咦？她驚訝地回頭，看見了就站在她身後的高大男人——溫展禾！

他幾乎沒有變，但氣質卻從學生變得像社會人士了，髮型俐落許多，身上的POLO衫代替了T恤，而且身材好像練得更壯了。

「溫展禾……哇！」她盡可能自然地打招呼，「好久不見！」

「妳是不是瘦了？」他驚訝地打量她，「我覺得妳最少瘦五公斤吧？」

「六。」一公斤也要計較的，她認真地比了個六。「雖然還是胖胖的，但可以穿得下更多種衣服了！」

「好看！這樣就好了，別再瘦了！」他笑出一口白牙，繼續看著她。「我第一次看妳穿裙子耶，頭髮也留得好長了！」

他注意到了！江心瑜難掩心中喜悅，還得裝得自然。

「上班嘛，總不能老是大寬T加牛仔褲，而且我們公司禁止我們穿牛仔褲上班。」

「感覺整個都不同了！有點不習慣！」溫展禾還在一臉驚訝，「先找餐廳吧，我們是在——」

他一抬頭，就看見了「曠男怨女」的招牌。

「噗……就是這裡！」江心瑜笑著輕拍拍他的肩，逕自往前走去。

這看似熟悉又不逾矩的舉動，可讓她緊張得要命啊！

「好酷喔！社長也太強了！」溫展禾長腿沒跨兩步就追了上來，「這種店名他也能找得到！」

「所以他才是社長啊！」江心瑜邊說，眼前的自動門開了。

「歡迎光臨！」服務人員即刻上前，確認了訂位名字後，領著他們前往二樓。

才踩上二樓，就看見大牛揮舞著雙手。「這裡這裡！」

「他真的有在減肥嗎？」溫展禾忍不住低語，「妳看得出來嗎？」

「噗……」江心瑜忍住笑，皺眉朝他搖頭，因為社長不僅沒有比較瘦，反而好像比去年更……更大隻了啊！

「哇哇哇，這誰？」社長吃驚地看著走近的男女，「妳不會是小瑜吧？」

「天哪！」濃妝的雲鵲也誇張地掩嘴，「江心瑜？」

溫展禾主動為她拉開椅子，自然地挨在她身邊坐下，江心瑜對這樣的舉動自然感到開心，因為他沒跑過去跟男生們坐在一起呢。

整桌都在驚訝於江心瑜的變化，以前那個寬T牛仔褲的女孩，居然搖身一變成了淑女！江心瑜雖不習慣被這樣的注視，但沒有人不喜歡被讚美，尤其連溫展禾也發現她的不一樣，就不枉她的努力了。

等大家都抵達後，社長簡單講個開場，大家拿起可樂跟飲料舉杯慶祝一年一度的聚會後，就直接開烤。

「欸，我問一個問題。」弘中好奇地看著所有人，「已經不是單身的舉手。」

江心瑜心一驚，怎麼突然問這個？但看著大家一一舉手，她也跟著害羞地舉起了手，偷瞄著旁邊的溫展禾，他果然也舉手了。

席間，就社長跟副社長至今還單身。

「厚，硬要問。」雲鵲連忙打圓場，「放下放下！問這個沒意義啊。」

「別在意我，你沒聽過單身超過三十歲就可以變成魔法師嗎？」社長一臉正經地講幹話，並一口塞入豬五花。

身邊的副社長默默地喝著飲料，「我喜歡二次元的女孩。」

呃……難得開口，還是一樣，副社長果然沒有變。

「都沒遇到喜歡的三次元女生嗎？」溫展禾關心地問，「還是有人喜歡你，你都沒表示？」

「嗯……」副社遙望遠方，「我就喜歡二次元的。」

「嫌我們太立體了。」雲鵲用大家都聽得見的音量，對著隔壁弘中說悄悄話。

副社長還認真點頭，深表同意。

「妳也有男友了啊？」溫展禾主動將烤好的海鮮夾到江心瑜的盤子裡，「很不錯唷！」

「嗯……」江心瑜其實很難為情，「總算是脫單了。」

「妳這麼可愛，不可能不脫單的，只是以前太沒自信了。」溫展禾再拿了幾片肉往烤架上去，「人喔，早晚會遇到懂妳的人！」

是啊，這些話溫展禾說過很多次了，但她一直都覺得是安慰的說法罷了。

「喂，江小瑜，說說怎麼認識的吧？」雲鵲倒是非常好奇。

江心瑜靦腆地低著頭，她其實不想在溫展禾面前提太多男友的事，現在在這個地方、一年一次的兩小時內，她只想單純地跟他相處而已。

「不如先說說你們的另一半怎麼願意讓你們來參加聚會的吧？」看來這才是弘中想問的，「我女友跟我鬧不停啊，說哪有情人節辦什麼社團聚會的！」

「我也是！」

「對！我講了好幾次才擺平！」好幾個人都附和。

眾人你一言我一語，看來大家都面臨到一樣的問題，因為今天就是情人節啊！

「我倒沒事，我現在男友是我們班的，不會講太多……嗯，我也不會讓他有意見啦！」雲鵲擺擺手，她一直都是我行我素派。

「我是跟我女友說了這個聚會的重要性，她說沒關係但卻要跟，我不讓她跟就炸了。」弘中翻了個白眼，「跟我大吵一架，去死團攜什麼伴啦！是為什麼談個戀愛就要搞得斷絕朋友關係似的？」

「我也想問……」江心瑜無意識地嘆了口氣，應和了弘中的抱怨。

嗯？溫展禾即刻看向她。「妳男友也生氣了嗎？」

「啊……不……也算啦！」看著溫展禾，她沒辦法說謊，講出了前幾天的吵架過程。「我們才交往半年吧，還不是那麼熟悉。」

「我覺得讓他明白社團對妳的重要性，也請他尊重妳的個人生活吧。」溫展禾說得理所當然，「我女友也不高興，但我很明確告訴她，這是我過去的交友圈，她不該干涉。」

「哇……」社員們詫異地瞪圓雙眼，「你這樣跟你女友說喔？她不氣死？」

「為什麼要生氣，尊重另一個人的生活不是基本的嗎？」溫展禾倒是一臉困惑，「我覺得我挑的女友不會那麼幼稚吧？」

對，幼稚，江心瑜真的覺得心累。

她後來跟政宇是和好了，但是那天的吵法讓她覺得心煩，尤其討厭男友那副理所當然的態度；後來還把無法在情人節吃大餐的錯全推到她身上，並且認為這種節日，她就應該要全身心放在他身上……不，是她的生活應該都要把情人囊括進來才對。

這跟她想的實在不太一樣，交往後不被允許有自己個人的生活嗎？什麼事都一定要跟情人扯在一起嗎？為什麼？

「反正我不管，一年才見一次，跟她每天都見是在靠北什麼？」弘中超不爽的，「我也說清楚了，每年我們去死團七夕就是會見面！」

「讚啦！」

大家又開始舉杯起鬨，然後就閒聊了這一年來的情況，男生們幾乎都已經當完兵踏入職場，每個人都在為生活努力。

席間自然也提起了學生時期的歡樂，進入職場後才會發現，當學生真的是太太太輕鬆了！成為上班族後，每天晨起又不可能蹺班，工作責任壓力大，不能說不去就不去，風吹雨打都一樣，還要被上司罵，可是為了生活就得撐下去。

歡樂的時光總是過得特別快，兩小時的時間一下就到了，大家拍完合照後原地解散。

「所以你們和好了嗎？」要離開前，溫展禾突然問了。

「咦？喔，和好了啦！」江心瑜一時反應不過來，「沒事，都講開了。」

「那就好！」他笑得一臉釋然，「那你們要怎麼慶祝啊？去哪裡？我有開車來可以順道載妳過去喔！」

江心瑜覺得暖心極了，溫展禾人也太好！「不好啦，要是給你女友知道你載女生，會生氣的。」

「嗯……我買的車，要載誰不是我的自由嗎？」溫展禾明顯露出不快，「我沒想到妳也有這種想法耶，所以妳也不許妳男友——」

「沒有沒有！不是這個意思！他沒有車啦，但我不會計較這件事。」江心瑜連忙搖手，「我如果有車，不管同事或朋友，只要有需要我都會載一程啊，我才不會計較那種事，還什麼專屬位！」

溫展禾看著她，露出欣慰的神情。「還好，我就想說妳不會介意這種事的。」

「我才不會！」她不是在假裝，她一直覺得這種事很無聊。

就像溫展禾說的，那是他買的車，想載誰、給誰搭乘本就是他的自由，是他才能決定的；她知道有些女人非常在意副駕駛位，好像那是什麼王者之座，或是坐上去可以獲得異能，還中頭彩，但說到底，那真的不是她能決定的，也不是她該干涉的。

不是談感情就有權干涉對方的一切，拿著「尊重」當幌子，去情緒勒索喜歡的人……那還能叫喜歡嗎？

真正的尊重，不是應該徹底尊重對方的一切嗎？

「遠嗎？我載妳過去？」

「不必啦！本來他是訂了『雨城』中午的位置，但因為我們要聚會才吵架……後來改約晚上，但是時間逼近也訂不到餐廳，就想說隨興。」江心瑜一邊說，一邊尷尬的嘖了聲。「但剛剛他傳訊息來，晚上臨時要加班，就改天再慶祝了。」

「改天？不是晚一點喔！」下班再見面也行啊！

江心瑜搖了搖頭，男友說了，週末再見。

溫展禾淡淡的喔了聲，陪著她一起下樓。

「我要去坐捷運了，你……」江心瑜指向捷運的方向。

「我車就停在旁邊的停車場。」溫展禾若有所思，「雨城就算中午也很難訂耶，那是超夯的餐廳，更別說是今天這種日子了，他居然沒提前跟妳說？」

「就算提前跟我說，我還是會選擇社團聚會啊！」江心瑜實話實說，「我交往前就有提過我們七夕見面的事，但是他記不住。」

「噢……」溫展禾悄悄瞄著江心瑜，「晚上取消是剛剛烤肉時傳的嗎？他是不是還在生氣。」

「沒有，我們昨天就和好了，都沒事！說好晚上隨便走，去逛逛夜市也行。」她的笑容帶著點失望，自己卻沒注意。「我沒事的，我也不是那種注重節日的女孩啊。」

「嗯，對……我知道！妳在乎的是感覺。」溫展禾說得切中她的心情。

江心瑜有些竊喜，總覺得溫展禾都還記得她的喜好跟個性，一切就像在大學社團裡時一樣，這樣就足夠了。

今天的她好看嗎？是不是已經令人刮目相看了呢？只要他多看她一點點，她就心滿意足了。

面對單戀的對象，就是這麼容易滿足。

到了捷運站，江心瑜準備跟溫展禾道別，再依依不捨，也該回到現實，期待明年的七夕。

「那個……有件事我說說，就當我隨便說，要怎麼做隨便妳好嗎？」溫展禾突然拉住了她。

江心瑜愣住了，她知道他那嚴肅的神情，他有正事要交代。

「是，你說。」她也斂了斂神色。

「我建議妳打去雨城問問看，是否有妳男友的訂位，他們都是用實體本子登錄，即使訂位後再取消，本子上也會有紀錄。」溫展禾說得平穩，條理清楚。

「然後晚上買個好吃的晚餐，直接去他公司送餐慰勞……突擊檢查。」

江心瑜雙眼略微瞠大，在瞬間明白了一切。

「為什麼你會這麼想？」

「因為我是男人。」溫展禾平穩地解釋，「或許試探不好，但總比被欺騙好；不說明我們的實際心態，表面上也能給對方一個驚喜，不是嗎？」

江心瑜緊緊握拳，緩緩點了點頭，她明白了。

溫展禾也鬆開了擱在她肩上的手，細聲地交代：「有狀況的話，可以隨時打給我。」

「不……不會有什麼狀況的。」她擠出的笑容，嘴角都在顫抖。

溫展禾頷首，掠過她匆匆朝後方的停車場而去。

走進捷運站要過閘門的前一刻，江心瑜轉身離開到一旁的角落，撥電話給雨城餐廳，詢問了之前是否有許政宇的訂位，她確認數次，餐廳也明確地告訴她，他們都是紙本紀錄，但從未有許政宇的訂位紀錄。

江心瑜心都涼了，不過一方面又覺得不意外，事實上在那天吵架前，她並沒有感受到男友記得情人節的事，後面的吵架反而更像是一種惱羞成怒；這是一種直覺，對方的心有沒有在自己身上，其實是感受得到的。

就算他說是驚喜，但幾星期前聽見她要參加社團聚會時，不是應該會趕緊提醒嗎？但都沒有，政宇的反應彷彿情人節不存在似的。

她找了間咖啡廳坐下來，傳訊息告訴男友說聚會結束了，男友未讀未回，一直到傍晚時才回訊，表示今晚要加班很抱歉，請她在家裡舒舒服服地待著，週末約會再補償她。

她回了「好」，跟著抬頭看向對面的大樓，日落西山、華燈初上，她外帶一杯拿鐵、再叫份豐盛的日式便當，走進了辦公大樓裡，對警衛說要找十五樓的男友，因為他今晚加班，她就上去送個便當，說兩句話。

當警衛狐疑地說今天沒看見許政宇時，江心瑜竟然一點都沒吃驚，她就站在櫃檯前聽警衛替她聯繫男友的公司，確定了許政宇今天請假，根本沒來上班。

唉，最後她拎著涼透的便當，在男友家那棟樓的樓梯間坐著，很詭異的她沒有哭，只是腦袋一片空白，什麼也無法思考，只是靜靜在黑暗裡坐著，直到電梯門開啟，傳來一對男女的嘻笑聲。

她站起身時發現屁股都坐疼了。那對男女打鬧嘻笑著，說著挑逗的話語，她從樓上攀著欄杆往下瞧，看見她的男友摟著一個打扮冶豔、穿著火辣的女孩，甚至都來不及開門，兩個人就貼在牆邊激情擁吻。

「你送給我的情人節大禮只有這個嗎？」女孩抵著許政宇的胸膛，挑逗地說著。

「這還不夠嗎？妳可以擁有一整夜的我耶！」男人邊說，俯頸又要索吻，卻被女孩閃躲。

「少來這套！」女孩摀住了他的嘴，「我想要的禮物呢？」

「呵……」許政宇笑了笑，終於離開她身前，動手轉動了鑰匙。「我怎麼可能不準備給我親愛的？」

門打開，江心瑜自然看不見屋內，但可以聽見女孩的尖叫聲，還有興奮的道謝，然後門關上，門內接下來會發生什麼事，不言而喻。

那個喜歡胖胖肉肉又樸素型女孩的男友，卻摟著打扮精緻、妝容豔麗又纖瘦的女孩，跟她真的是完全相反的類型啊！她默默站在上方的樓梯間不知道多久，回過神時才發現滿臉都是淚，默默拎著便當離開男友的公寓。

真沒想到，一切居然都被溫展禾說中了。

江心瑜坐在原本打算與男友共度情人節的河堤長椅上，一旁就是景觀橋，橋上有許多情人正在甜蜜的散步，還有許多街頭藝人正在唱歌或演奏，四周一片樂音飛揚，但這粉紅色的夜晚，只有她一個人形單影隻地坐在這裡。

手機裡點開是溫展禾的聊天視窗，上頭是他連續的問題：「所以他有訂位嗎？」「他真的有加班嗎？」「情況還好嗎？」「妳都沒回答我很擔心耶！」「沒回答就是有事妳知道嗎？」

每一次訊息跳出時她都會看見浮動視窗，她只是沒點開，不點開就是未讀，只怕這樣讓溫展禾覺得緊張了。

這份溫暖會在這時更令她想依賴，畢竟是她單戀的對象，但今天是情人節，她不能去表現什麼「我需要你」的氛圍……而且就算這麼說了，他也不可能放下女友，她並不想自取其辱。

「沒事」兩個字打出卻沒傳出，因為她才不是沒事，她心好痛！不停地哭泣，所以她選擇離開視窗，不要理就好了……對，明天，等明天睡一覺起來後，她就沒事了。

拿起相機拍下了眼前的夜景，放上FB，記錄著分手的這一天。「一個人也能過情人節。」

所有通訊軟體均刪除與許政宇的好友關係，一邊刪，淚水掉得更兇了。

「才半年，沒關係……我可以的。」江心瑜逕自打開涼透的便當，抱著吃了起來。「什麼胖胖的最好抱，什麼不要化妝最美，樸素才是自然美……全是狗屁！」

淚水滴進了飯裡，但她依舊大口大口地扒進嘴裡，難怪他一開始不在意她的社團聚會，因為他的心裡裝著另一個女人，只怕是那女人跟他提起一起過情人節，他才會想到今天是情人節吧？

什麼中午訂餐廳都是幌子，擺明是要製造因為她參加社團聚會，導致他們不能一起過情人節的假象，即使約好晚上一起過，簡單一句加班就想打發她了！警衛可是說了，他今天直接請假，一整天都跟那女孩在一起嗎？

她現在甚至懷疑自己根本不是正牌女友，反而是被玩弄的小三。

「嗚……嗚……」她哭得很慘，但她不必誰的同情，不管附近投來多少奇怪的目光，她還是拚命塞著自己花錢買的昂貴便當。

內心當然有著強烈的不甘，她想問許政宇對她到底是什麼心情？是他向她告白的，他說喜歡她的地方，在剛剛那個女生身上卻一點兒都瞧不見，在他心裡，他們這段關係究竟是什麼？

去死團的人在情人節這天被甩，也太名副其實了吧。

她抽泣著，再拿起飲料猛灌，今晚的便當跟飲料都好難喝，心情會影響味覺原來是真的。

哭泣的她根本吃不完食物，靜音的手機讓她不知道剛剛那篇貼文下的無數則關心與問候，她就只是哭腫著一張臉，淚眼婆娑地瞧著眼前的夜景，覺得自己像個笑話。

身邊有人坐了下來，她緊張地趕緊把包包拿起，深怕被人拿走似的。抓著包包的她，哭腫的眼裡卻彷彿看見了熟人。

「抱歉，我猜對了？」

溫展禾？江心瑜驚愕他的出現，左顧右盼地發現似乎只有他一人，他抽走她膝上未吃完的便當，遞出一包面紙，俊朗的男人帶著歉意與悲傷看向她，害她的淚水突然無法控制地潰堤。

「他劈腿了！」她嚎啕大哭，「他跟別人過情人節了——哇啊啊啊！」

溫展禾搖搖頭，任江心瑜在那邊又哭又叫，一包面紙擤完再換下一包，他什麼話都沒說，只是靜靜地陪著她哭，陪著她咆哮。

最後借她左邊的肩膀，讓她至少可以靠在上頭哭泣。

他不想猜對，但身為男人的直覺告訴他，才交往半年的情人們、第一個情人節應該是最最重要的，因為此時的雙方充滿愛意、熱情與新鮮，所以會事先準備許多驚喜，一定會注意情人的一舉一動，聽到她要參加社團聚會時，鐵定第一時間反應，想方設法留她，不能再想備案。

而不是這麼乾脆，再者前兩天才為這件事吵架，和好後的情人節當天，不但加班取消約會，甚至連今晚也不去女友家小浪漫一下？

沒有人加班會加到午夜的，就算真的到十一點，帶一束花、簡單的一塊蛋糕到女友家，一樣能幸福滿點。

他一直覺得江心瑜是美麗的，就是俗稱發自內心的美麗，她為人既善良又熱心，有種能感染別人的力量，只要有她在，就能給人安心與幸福的綿軟感，她說到喜歡的事總是閃閃發光，這樣的女孩值得更好的男人，他也一直相信她不會永遠在去死團。

變成上班族的她更添女人味，今天的穿著更是叫人眼睛一亮，瘦了些許卻更顯氣質，也更符合她給人的感覺，他原本真心為她找到欣賞她的人而高興，只可惜……

「要不要認真的去吃點東西？」他感受著左肩的沉重，看著眼前點點燈景。

「啊……」江心瑜終於略微平復心情，趕緊直起身子。「不……不好啦，你女朋友呢？」

「嗯……」他劃上一抹苦笑，「今天分手不只妳一個。」

咦?江心瑜吃驚地望著他,才發現他左邊臉頰的紅掌印,瞠目結舌。

溫展禾幫她拎起垃圾袋,站起身後左顧右盼。「去吃麥當勞還肯德基吧,那邊一定有位置。」

「噢!好!」江心瑜匆匆抓起皮包,抹著淚一邊跟著溫展禾往前走。

這是她第一次單獨跟溫展禾一起……約會?不不不,只是吃宵夜而已,妳可千萬不要腦補啊,江心瑜。

這小小的幻想,只能放在心裡,絕對不能在他面前表現出來。

「你為什麼知道我在這裡啊?」江心瑜趕緊小跑步奔向他。

「啊妳不是有發文?這條河我熟得很啊。」他雙手插在褲袋裡往前走,順手扔掉了她未吃完的便當。

他剛剛就在上方的某間餐廳裡,往下一望,就瞧見她了。

「也太厲害……」她吸了吸鼻子,「我想吃蛋塔。」

「那就肯德基吧。」

第四年

江心瑜拿著相機，仔細看著鏡頭裡的俊男美女，快門不停地按下，男女模特兒自在地變換姿勢，她也一直捕捉各種自然好看的姿態。

「好！很棒喔！休息！」江心瑜終於放下相機，「喝點水！辛苦了！」

「謝謝！」模特兒終於鬆一口氣，跑到有遮蔽的地方補充水分。

江心瑜則帶著相機轉身也到陰影處查看照片，助理送上水，這炎夏高溫，工作起來真是要人命。

「辛苦了！我剛冰好的水。」

「謝謝妳！」江心瑜擦了擦汗，「剩一套，外景就算拍完了。」

「對！有想要取哪邊的景嗎？我們先去準備。」

「不急，讓大家多休息一會兒！」江心瑜微笑地拍拍她，「妳臉都曬紅了，快去吹冷氣了。」

助理開心地笑起來，攝影師向來很貼心。

江心瑜扭開冰水大口地灌了下去，盤算著今天拍完後就休息，晚上得好好保養休息，這樣明天的情人節才能容光煥發地去參加社團聚會。

「心瑜，妳明天有沒有計畫啊？」女模特兒走了過來，「我聽說妳分手了對吧？」

江心瑜乾笑，真是好事不出門，壞事傳千里，她剛分手的前任是同公司的另一組攝影師，上個月被她發現跟N個模特兒有曖昧訊息，她不想猜，也不拖，直接提了分手，結果大家消息也太靈通。

「妳們很八卦耶！」她有點尷尬。

「那個攝影師很常把妹，我們每個都遇過啊，不是妳的問題，他本來就花。」莎莎挑眉，「我們情人節辦了派對，全是圈子裡的人喔，有沒有興趣？」

江心瑜有點受寵若驚，「我？」

「對啊，妳是我們最喜歡的攝影師，不會有人不歡迎妳的。」她挺起胸膛，「更何況是我莎莎姐請的。」

「哇喔！聽起來不錯。」江心瑜遲疑著。

「別告訴我妳要為了那個花心的傢伙，放棄這邊的顏值小鮮肉喔！」莎莎眨了眨眼，「妳不必立刻決定，反正妳有我電話，要來隨時聯繫我。」

江心瑜如釋重負，莎莎很貼心。「謝了，明晚對吧。」

「當然，越夜越美麗。」莎莎嬌豔一笑，朝著保母車走去。

江心瑜不否認有點心動，但這兩年來都在幫時尚雜誌拍照，見多了各種美型男女，都快審美疲勞了，也不會像一開始的害羞或是心跳加速了！

最重要的是，顏值高的才不會喜歡她這種普女。

坐到電腦前先傳輸照片，現在的江心瑜瘦了更多，完全看不出之前是胖妹，她甚至已經瘦到了標準值以下，是個非常苗條，穿什麼衣服都可以的人了；這樣的瘦身全靠飲食與失戀，她總是被分手的那個，從許政宇後也才交過兩任，全都因為被劈腿告終。

失戀令人心碎，茶飯不思很正常，沒吃東西瘦得真的很快，再加上她從辦公室的企劃工作轉職攝影師，異常成功，但也因此飲食更不正常，壓力甚大，所以一路瘦下去，這一年來，瘦了整整十五公斤。

望著鏡子裡的自己，這下整個社團裡的人只怕不認得她了

明天又是一年一度的七夕，去年的這時她還有六十公斤呢，現在的她只有四十五了！但瘦下來並沒有變得多美，她本來就沒有漂亮的五官，依然是路人甲一枚，所以從不奢望太多。

至於前男友，交往前就有聽過他的風評，但他實在是個太太太浪漫的人，她還是輕易地跳下去，被他愛著的時候很幸福，他是會製造浪漫，寵她愛她的

人，所以她也不後悔。

只是，當他的心不在自己身上時，她也立即能感受到，查看過他的工作行程，突擊過幾次，知道他正無差別地對許多模特兒示好，如同每一任男友一樣，快刀斬亂麻是她的作風。

她不想再抱持希望，拉高期望後再重重落下，那樣的話心就太痛了。

滑開FB，第一則出現了溫展禾的打卡照，他tag的女友是第三個了，他換女友的速度也很快，平均不超過兩年，但是……每個都挺漂亮的，身材也好，笑起來都是甜美系的。

這個是已經快一年半了，因為去年七夕聚會時，就已經是這個女孩，算是難得的穩定；算算他們都畢業四年了，同學們似乎開始陸續走上結婚這條路。

放大溫展禾的照片，她依舊會痴痴看著，她的單戀至今仍未結束。

喜歡一個人就是喜歡，不會因為她跟誰交往或是結婚，這種感覺便會消失，人又不是機器？而且她一樣埋在心底最深處，悄悄地喜歡著，其實她也在等待，這份單戀淡化的那天。

但實在很難，因為自從兩年前情人節當天，他們同天分手後，就不再像以前一樣只偶爾在群裡群聊，私下的聊天比過往多出許多；重大事件時會彼此分享，例如談新戀情、分手、吵架，都會告訴彼此。

工作上的不順也會向對方抱怨，換工作的遲疑期向對方請益，以及一些生活上的分享；例如，因為淵展禾喜歡拍照，所以她也想要試試看，詢問他該買哪些配備？入門後，她假日沒事就會到處去拍……然後，她居然轉行成了攝影師。

群組音響起，大牛再度在社群中確認七夕當天的參與人數，畢業後第四年，這次出席居然只剩六人。

隨著畢業的時間越長，生活圈不同，隔閡也會更大，大家的聯繫也漸漸減少，最後感情好的也就那幾個，剩下的索性連一年見一次都懶了。

「我以為會撐到十年的。」雲鵲挺著八個月的孕肚，已經先吃起桌上的小菜。「三百六十五天見一次都不願意，就不必勉強了啦！」

「我也從沒想勉強啊，反正固定辦，辦到剩我自己為止！」大牛說得一派輕鬆，「今年還有六人已經很棒了，妳肚子都這麼大了還來捧場，很感動捏！」

「這有什麼？我是懷孕又不是骨折？」雲鵲擺擺手，「有心沒心的問題啦！」

「大家都有自己的生活了，大學社團也不算什麼了吧！」弘中也是深有感嘆，「但我每年還是很期待今天耶！」

「咪兔！」雲鵲即刻舉起手，與弘中來了個High Five。「我們有心就好了！」

副社長數年如一日地默默坐在桌邊，身上還穿著彌豆子的衣服，看起來依舊是二次元萬歲。

門外匆匆走進高大的男人，大牛一回頭，一眼就認出了溫展禾。「小溫！這邊！」

「今天爆熱的！」溫展禾渾身大汗地衝進來，「我以為我遲了！」

「還沒到時間咧，約十一點半啊！」雲鵲讓他放心，「是我們提早到了！」

「是……哇，妳快生了嗎？」溫展禾好奇地看著她的肚子。

「八個月！」她拍拍肚皮，「這小子皮得很！」

「男孩？」

「不知道，我不想先知道，所以叫醫生別說。」雲鵲一向喜歡開箱，「生出來才知道的感覺比較好。」

「欸，這不錯耶……我也要效法！」弘中也覺得這很有趣。

「你也要結婚了嗎？」大牛即刻抓重點。

「嗯……覺得好像時間差不多了？」弘中有點為難，「我們二十六了，如果真的想結是不是二十八比較剛好啊？」

雲鵲皺起眉，「先看現在這個女友是不是你想走終生的人吧？卡年紀太無聊，如果你二十八要結，啊身邊那個不想走終身呢？」

副社長突然鼓起掌來，只是掌聲有點緩慢，但鼓掌完後豎起大拇指深表讚同。

「雲鵲說得有理，弘中你最要考慮的絕對不是年紀。」溫展禾拍拍他，也一副過來人的模樣。

女友也的確在談論結婚事宜，但他卻覺得才二十六，沒有想這麼早步入婚姻！看向桌上唯一的空位，已經十一點半了，回頭往門口看，一個削瘦的女人剛好入店，他有點擔心。

「江心瑜還沒到啊？她從不遲到的啊。」溫展禾拿起手機想問了。

「我到了啊！」左手邊的女人開口，下一秒全桌都跳了起來……包括八個月孕肚的雲鵲。

溫展禾不可思議地看向眼前這個削瘦到認不出來的女人，這是江心瑜？

「我的天哪……妳江小瑜？」雲鵲下巴都快掉下來了，「妳是瘦多少？」

「十五。」江心瑜趕緊讓她坐下，「你們太誇張了啦！」

「怎麼瘦這麼多?妳生病了嗎?」溫展禾立刻擔憂地問,「妳從來沒提啊!」

「沒有,就失戀加工作壓力大。」江心瑜實話實說,「累積下來吃不好、也吃得少,自然就瘦了。」

「這是不健康的瘦啊!這樣不好吧?」溫展禾趕忙也坐了下來,「現在外送這麼方便?妳好歹要吃一下吧!」

「不是方便與否的問題,就是沒時間吃。」江心瑜相當無奈,「失戀時就直接沒胃口了。」

「最近嗎?」弘中打趣地問。

「對,還真的是最近。」江心瑜心情已經調整好了,「我上個月剛分啦,但暴瘦是上上一個的事。」

「哎唷!江小瑜看不出來耶,是瘦之後開始桃花大開嗎?」雲鵲八卦魂上身。

「不是,我就只適合日久生情,都跟工作有關……但也都不長久。」江心瑜這抹笑中帶著點苦,「瘦下來後是真的比較有機會,但我桃花運都挺爛的。」

「好啦!不聊不開心的!」大牛即刻打圓場,伸手叫了服務人員。「我們可以上菜嘍！」

今天他們吃桌菜，這間餐廳名叫「牛郎織女」。情人節選桌菜餐廳超好，因為很少情人會來吃這種整桌的，是要跟每位前任吃嗎？嘿嘿！

溫展禾蹙著眉打量她，從她進門後就板著臉，大家照例聊著近況，每個人都知道雲鵲懷孕，她都有發社群，唯獨不知道她啥時結婚的。

「可以說了吧？這麼神秘？」大牛代表發問，「妳都沒提妳老公是誰耶？」

「我沒老公啊！」雲鵲說得理所當然，「誰說要小孩就一定要結婚？」

「還沒結喔？所以要等小孩滿月再一起辦嗎？」之前有同事是走這種路線。

「沒，我現在標準去死團成員耶！」雲鵲勾起笑容，「完全單身。」

江心瑜有點吃驚，所以……雲鵲懷孕了，但沒跟孩子的父親在一起嗎？桌上一片靜默，大家不知道該接什麼。

「妳能養孩子就好。」副社長幽幽地出聲，「妳願意愛他就好。」

雲鵲開心地劃上微笑，「放心，我思考過後才決定生下他的，他是我的孩子，我會好好愛他。」

「我純好奇，你家……」弘中謹慎地問。

「我的人生我自己負責啊，我家怎麼想是他們的事，我也沒叫他們幫我養！」雲鵲說得理所當然，「放心好了，我腦子清楚得很！我有我想過的生活，要我為了孩子嫁給不能走一輩子的人，我才不要！」

江心瑜略微震驚，「所以妳有男友，只是……不要他。」

「我不想結婚，他不能接受，就是分開。」雲鵲拍了拍弘中，「所以我才說，你不要一股腦熱就結婚，也不要卡年齡，想清楚那是不是要走一輩子的人。」

弘中默默地看著她，情緒即刻低落，陷入了思考中。

江心瑜也有點驚訝，這時卻發現盤子裡突然堆滿了菜，她錯愕地看向身邊的溫展禾。「我自己來就可以！」

「妳這樣瘦得太不健康，也不好看。」溫展禾語氣裡竟帶著點怒意，「這樣子只是把自己身體搞壞而已，不是減肥。」

她……她現在是被罵了嗎？是吧！江心瑜戰戰兢兢地看向他，為什麼他在生氣啊？

「我也不是刻意減的，就是壓力大……」她說話都變小聲了。

「再怎樣也要注意飲食啊，我覺得妳以前那樣比較好，最瘦勉強就去年那樣了！」溫展禾邊唸還繼續夾菜，「現在臉都凹下去了，一臉憔悴。」

「對不起……」她囁嚅地說，但也不知道自己幹嘛道歉。

一桌子的人交換著眼神，那角落的氛圍怎麼好像……怪怪的？

「那個，江心瑜現在工作還是這麼忙喔？我想說行政助理還好？」大牛趕緊岔開話題，不然也太尷尬。

「啊，沒有啦，我離職了。」江心瑜偷瞄了溫展禾一眼，「現在轉行當攝影師。」

咦？一桌的驚呼聲，連溫展禾夾菜的筷子都停在半空中，不可思議的轉頭看著她。「攝……攝影師？」

「嗯！說起來還有點不好意思，但我現在就是接各種攝影，在一間雜誌社工作。」江心瑜難掩害羞加上點自豪，「這都是託你的福，我學攝影後，發現自己好像還挺有天分的！」

溫展禾雙眼都亮了起來，這豈止有天分啊，她才學多久就能變成攝影師？他打開話匣子，都是照他教的那些嗎？江心瑜點點頭，師父帶進門，修行在個人，溫展禾為他指點了配備跟技巧，後面都是她自己學習，也學得非常有心得，再加上她原本是設計，對各式軟體相當熟稔。

「好厲害喔！」弘中由衷佩服，「之前我都不記得妳會拍照，一眨眼居然——」

「我也不知道！我就看溫展禾喜歡拍照，好奇想學學看。」想看看喜歡的人為什麼這麼愛攝影呢？想知道透過鏡頭看到的世界會如何的不一樣。

跟喜歡的人研究一樣的東西，也才能有共同話題，這兩年他們都是這樣維繫友情，這也是她的小確幸，製造能與溫展禾自然說話的理由。

說著，江心瑜拿起了包裡的相機。

「哇，真的耶妳！」溫展禾忍不住驕傲地笑起來！

「當然是真的！」她直接拿起相機，「今天就讓我來幫大家拍幾張吧！」

從大牛開始，然後是永遠一字表情的副社長，接著調皮的弘中，雲鵲就算挺著孕肚一樣擺出各種美麗Pose，最後是近在眼前的溫展禾，透過鏡頭時，她發現自己可以……貪心地一直看著他。

「很棒！」溫展禾對著鏡頭比讚，打從心裡為她高興。「我真沒想到妳竟然因為這樣就轉職了！」

「真的謝謝你。」江心瑜忍不住紅了臉，面對溫展禾，控制心跳總是很費力。

雲鵲托著腮觀察，這兩個人怎麼一年見一次，氣氛總是這麼好啊？她用手肘戳了戳弘中，就沒發現這兩個人像有些什麼嗎？

弘中其實深有同感，回頭就一句：「小溫啊，你現在單身嗎？」

「啊？沒啊，還是同一個。」溫展禾轉向右邊的弘中自然回著。

看吧，他就記得前幾天溫展禾才貼了跟女友出去吃飯的照片啊。

「什麼同一個，你幾乎每年都不一樣好不好！」社長直接一刀，「不過，去年跟今年都沒換就是了。」

「嘿……」溫展禾有些尷尬，點了點頭。

「你工作上呢？我一陣子沒看你講工作的事？」社長再問。

「唉。」說到這裡，溫展禾倒是重重嘆了口氣。「不太好，但我不喜歡在臉書上講負面的事啦！工作這種私事……」

「咦？不好？可你不是說剛升職？」江心瑜才剛塞入一口肉登時嚇呆。

「對對對，我想社長是問我去年那個工作，之前我離職了，他們不知道！」溫展禾趕忙解釋，「我後來換成設計的工作了。」

「設計？你？」社長覺得莫名其妙，「你是學這個嗎？」

「沒，就——江心瑜不是設計很強嗎？我也是之前好奇地學了些軟體，她教了我不少，練著練著也上手，我還去考證照咧。」溫展禾一臉志得意滿，「設計的工作是比以前累，但很有成就感，我之前剛升了組長！」

哇！全桌鼓掌叫好，不過跟著不懷好意的挑眉——「你們兩個私下聯繫得挺頻繁的厚？」

「呃，」溫展禾與江心瑜異口同聲，緊張的面面相覷。「也還好。」

雲鵲毫不委婉，「啊溫展禾你女友沒關係喔？」

這一問，讓兩個人都愣住了。

江心瑜心跳漏了一拍，雲鵲幹嘛哪壺不開提哪壺，她就是想保持這種異性朋友的關係，從不會逾矩做事說話啊，她何必刻意提起，反倒像是提醒溫展禾似的。

「我們……」她聲如蚊蚋的開口，結果被溫展禾的回覆蓋掉。

「有什麼關係？就朋友啊！像我今天來參加社聚她也知道，我又不是交個女友就要跟朋友絕交——」溫展禾理所當然，「江心瑜問我的事也都是關於攝影的事，就像我想問設計也會吵她一樣，平時她跟我抱怨工作的事時，我也會跟我女友分享，正常啊！」

他也跟女友說了關於她發生的事嗎？江心瑜笑得有點勉強，果然要讓另一半安心，首要是坦白。

「就只是這樣。」她應和，跟著自在地聳聳肩。

「夠了！這話題是不是去年談過？」溫展禾指向弘中，「啊你今年有得到特赦嗎？」

「厚，煩，說得有異性朋友跟犯罪一樣，還特赦咧！」弘中重重放下筷子，趾高氣揚地抬起下巴。「我跟這任交往前，就把去死團的事說得明明白白，能接受才在一起的！」

「是、喔？」雲鵲卻回頭瞥著，有個女生一個人來吃中式餐廳，一桌點了三樣吃不完，不停地朝這裡瞄。

她覺得跟這桌的男生有關係，談戀愛弄得跟犯罪一樣，弘中說得還真貼切。

「就朋友啊，一年一度。」弘中滿意地強調，「社長，你不會還——」

「母胎單身。」大牛自豪得很，「我過得很爽啊，工作好、薪水高，沒人管，愛幹嘛就幹嘛。」

跟著，大家視線移到副社長身上，他真是永遠不開口。

只是下一秒，副社長突然舉起左手，無名指上有一枚閃亮亮的戒指。

「我結婚了。」

五秒後，他們這桌誇張地齊聲尖叫，全餐廳都以為發生了什麼大事！

「咦——」

雲鵲摀著胸口，本日驚嚇也太多，對孕婦真不好耶！

「娶……真的人類嗎？」社長認真誠懇地問，這也是大家相同的疑問。

副社長用力點了點頭。

「她本來也想嫁二次元的男生，但我們興趣一樣，有相同的話題，反正我只知道不能錯過她。」副社長緩緩地，梭巡似地看著桌上每個人。「那一刻來臨時你們會知道的，錯過就會遺憾終生的話，就要去把握。」

好想知道副社長的老婆是何方神聖喔！居然可以超越二次元的存在！江心瑜相信每個人都極度好奇，因為副社長完全沒有社群帳號，連七夕聚會大牛都得打電話通知，所以沒人可以看到他的近況！因此沒人知道他結婚，或是另一半是誰。

「交往多久啊？」溫展禾難掩好奇。

「四年。」副社長有問必答

「啊？四年？那不是我們一畢業後你就交往了？」雲鵲目瞪口呆，「沒聽你提過耶！」

「為什麼要提？」副社長困惑地問。

是、是啦，好像是沒有提的必要……只是大家在說著近況時都會帶到，尤其在情人節聚會這天，多少都因為社聚起紛爭！看來副社長完全沒這個困擾。

「總之，恭喜！」江心瑜舉起可樂杯，「如果想拍生活照婚紗，可以找我喔！」

大家紛紛舉杯，副社長露出了難得的笑容。

不過，他應該想拍動漫風格的婚紗照吧？

畢業四年了，大家生活也都多采多姿，不管是即將為人母，或是社畜，甚至是從事自己喜歡的工作，每個人真的都已經脫離大學生的稚氣，是一個穩重的大人了；尤其雲鵲，孩子尚未出生，她就已經多了份成熟美。

「江小瑜，等等吃完妳還有計畫嗎？」雲鵲主動邀約，「我們兩個沒事的可以去逛逛？」

「咦？我還真的沒事，要買寶寶用的東西嗎？」江心瑜真的為她開心。

「對啊，還得添購些，不然接下來就沒時間了！說好了？」

「好，不過我不能待太晚，晚上我另外有約。」江心瑜想起莎莎的邀約，「最晚六點得走。」

溫展禾同時疑惑地看向她。

「咦？不是剛分手嗎？如果真的有約別理我喔！」雲鵲連忙取消，「我可不妨礙別人！」

「沒有啦！你們幹嘛這樣看我，很八卦耶！」她焦急地解釋，「是模特兒開的派對，邀我去看看，說不定會遇上什麼新戀情……呵。」

她逕自失聲而笑，知道不可能。

「都是模特兒嗎？天哪！」雲鵲低頭看著自己的肚子，「可惡！要不是我懷孕，我一定跟去！」

江心瑜只是陪笑，那可不是說攜伴就能攜伴的場啊。

「哇，那不就是一群俊男美女的聚會？不錯耶，江心瑜！」弘中嘖嘖表示萬分羨慕，「妳剛分的那個該不會也是……」

「不是啦！我自己知道我不是美女，那些年輕模特兒也看不上我的，他們尊重我，純粹是因為我是攝影師。」江心瑜非常有自知之明，「我想的也是去捧捧場，順便認識一些人，增加工作機會。」

「妳很漂亮的，幹嘛老是妄自菲薄？」溫展禾立即反駁，「妳有妳獨特的美，但現在太瘦了！」

他很介意她瘦耶，江心瑜難掩微笑。「謝謝。」

「對啊，我也覺得江心瑜其實很漂亮，不是那種模特兒的正啦，可是就……令人很舒服的親切感。」弘中深表贊同，「但我也認真覺得太瘦，氣色很差！」

「再調整就好！你們不懂我們女生為了瘦的執著！」雲鵲一臉無所謂的模樣，「等等陪我去逛逛，然後就放妳走，我現在月分大了也走不久。」

嗯！江心瑜點了點頭，她還沒跟雲鵲一起逛過街咧！以前社團的人只要出去都是一起瘋，誰搞逛街這套啊。

「晚上那種趴妳要小心，尤其是酒。」溫展禾輕聲說著，「別離開視線。」

「嗯，好。」她感覺像被交代的孩子，點點頭。

「不要喝太多就跟別人走。」溫展禾邊說一邊不安地喘著大氣，「我不是偏見，但那種派對喔……」

江心瑜笑了起來，輕輕用筷子敲敲桌子。「我懂的，溫展禾！」

「有事可以隨時叫我！」他又補了一句，「別不好意思，我能隨時去救妳。」

「說得這麼輕鬆，啊你今天是不過情人節了喔？」大牛吃得滿嘴飯，「叫我啦！江小瑜！」

弘中好想也這麼為朋友兩肋插刀，但是他沒辦法，因為他女友一定不會允許，就算是去救人，後面的解釋也得一籮筐，他吃不消啊。

「你們太緊張了，沒事的！我會注意分寸的。」但她對這樣的反應感到溫暖，「而且大部分都是認識的人。」

「認識的更要留心吧？」溫展禾還是一臉不安，還夾帶著不快，因為完全不希望江心瑜去參加那種派對。

可以說他有偏見，他就覺得那些模特兒們的生活紙醉金迷，而且一群人的派對都會讓他想到酒色毒；如果有哪個美男子想追江心瑜，他都不會覺得是真心的，因為……因為她不是世俗的那種美，哎呀！

溫展禾感到渾身不對勁的心浮氣躁，這頓飯也吃得沒滋味。

聚餐結束後大家再拍了合照，江心瑜提出很想見見副社長的妻子，他沉默一會後才說，回去他會跟妻子說說，可以的話，或許大家可以再聚聚。

「也沒人規定一定要七夕才能見對吧？」副社長莞爾，「又不是什麼牛郎跟織女。」

「說得對啊！」溫展禾表示同意，「如果就我們這幾個還好喬……對吧？」

他看向江心瑜，她有點遲疑，不是不想來喔！而是工作真的排很滿。「我需要提早講，越早排越好！就像我們每年七夕的聚會，這天我都會固定排開的這樣。」

「沒問題，提早說就好！」大牛即刻攬下工作，「看狀況我再來約！」

大家再次道別，等等要一起逛街的雲鵲去洗手間，所以江心瑜還在店裡吹冷氣等她，而溫展禾倒也不急地陪著她。

「雲鵲等等就出來了，你不必陪我等啦。」口是心非，她其實很想再多看他幾眼。

「唉，我真的真的恭喜妳，沒想到妳會成為攝影師。」溫展禾笑得超滿意，「我好歹算師父吧？」

「算！超算！」江心瑜點頭如搗蒜，「沒有你，我根本不會接觸攝影這塊呢。」

溫展禾看著她，也展露了笑容。「沒有妳，我也不會想碰設計！」

她綻開溫暖的笑顏，他們間像是有種無形的連結似的，因為彼此，居然改變了職涯。

「那是不是要請老師吃個飯？」江心瑜開玩笑地說著。

「唷，會開玩笑了耶！妳變活潑很多呢！」溫展禾拍拍胸脯，「那有什麼問題，老師請說，我一定請。」

「少來了！我開玩笑的！那你教我攝影，也是我老師，我也得請老師吃飯啊！」她俏皮地咬了咬唇，「扯平！」

「什麼扯平？這種事沒有扯平的……嗯。」溫展禾即刻拿出手機，「不然這樣好了，我請妳一頓，妳請我一頓。」

「欸……認真的嗎？」江心瑜有些受寵若驚，她腦海裡已經直接連結到：他們兩個、吃飯？約會？

「認真的啊！妳忙的話我們就提早約時間，又沒關係！」溫展禾即刻把行事曆滑倒三個月後，從三個月後開始約總行了吧？

江心瑜壓制著雀躍不已的心，開始跟他約時間。

而那個早就從洗手間出來的孕婦，還得刻意躲在一個轉角，不去打擾那兩個在門口聊得過分開心的人。

這兩個有問題吧？雲鵲撐著後腰偷偷觀察，在學校時可能沒有留意，但剛剛在吃飯時她就注意到有些不尋常的氛圍，是因為他們平常有在聯繫？應該不是她的錯覺吧？

但又各自有男女朋友，實在有點奇怪。

最後溫展禾離開去約會，而雲鵲說還想去買幾件衣服跟口水巾，江心瑜主動說要送她，代表她的心意；雲鵲沒有在客氣，立刻欣然接受，拉著她去挑選，櫃姐親切地說明，江心瑜則一切隨雲鵲喜好。

手機訊息突然傳來，意外地是前男友的訊息。

『對妳很抱歉，但今天我只想到妳，只想跟妳過情人節，能給我一次重來的機會嗎？』

原本以為自己淡忘的江心瑜，看到訊息時又是一陣鼻酸，被劈腿的感覺真的很差，除了愛情被背叛外，更多的是一種自卑……她就是如此不足，沒有男人願意好好愛她，每個人都找比她更美的女孩劈腿。

前男友與她同行，在工作中默契十足，她曾認為他可以取代溫展禾在她心中的地位，好幾度都想著能共組家庭，攜手創立個人攝影工作室，未來的藍圖都勾勒好了，走了一年多，才知道……這一年多來，他不只有她。

他一直在外面約炮，模特兒們就是他的獵場，但他認為心裡愛的就是她，中間那些女人的肉體關係就只是吃點心，與愛情不相干。

她知道有的人也是這種想法，但她不是，所以這便是價值觀的不同，她沒辦法跟他繼續，可他又窮追不捨。

『今天是情人節，我說過我情人就只有妳一個，真的不能再談談？』

『如果妳真的不能接受，我願意為了妳改！我已經把關係處理乾淨了，給我個機會吧？』

『小瑜，妳在哪裡？今天這種日子，別讓我一個人過啊！』

江心瑜看著訊息一行行跳出，心臟緊窒得不舒服，她需要一個空間靜靜。

「就兩個字，再見。」雲鵲冷不防地站在旁邊開口，「渣男屬性是永久的。」

「哇！」江心瑜嚇著了，趕緊放下手機，她她她看見了。

「我叫妳半天了都沒理我，我才過來喊的。」雲鵲誠實以告，「走過來就看見了，抱歉。」

江心瑜輕嘆口氣，搖著頭小聲的說沒關係，接著說要去洗手間後便匆匆離去；進洗手間平復心情，順便抹去依舊痛心的淚水。

「江心瑜！」雲鵲推門追了過來，「對不起啦，我不是故意要看，就……」

她回首，「沒關係！我不是怪妳看訊息，就是不太……舒服，他怎麼還有臉說愛我？」

「這麼多女人，卻沒人陪他過情人節才想到妳嗎？」雲鵲捲著長髮，「別聽他廢話，說什麼都假的。」

「我也知道，只是……唉！」又一聲長嘆，「我原本以為跟他能繼續的，好不容易找到一個有共同興趣跟愛好的人，連未來都一起規劃過，結果卻是個……我這種人，是不是注定很難遇到好男人啊。」

「呸呸呸，妄自菲薄什麼啊，妳很好啊，溫展禾都說幾百遍了，我也覺得妳又善良又熱心，性格好得不得了。」雲鵲連聲讚美，卻換得江心瑜苦笑一抹。

她悲傷地望著鏡子裡的自己，「但光有善良跟熱心是很難吸引人的，我每個男友都是找比我更瘦、更美、更會打扮的，外表才是王道。」

「那也只是一時，總是會有真心喜歡妳的人啦，妳急什麼？」雲鵲指指自己的肚皮，「像我有孩子就好了，連有沒有男人我都不在乎咧！」

她被逗笑了，她只是個普通女孩，想要有人疼、有人愛著，平凡且幸福的度過每一天；雲鵲的勇氣她這輩子都不會有，如果真的能像雲鵲一樣，她或許會更有衝勁，或許在大學時就跟溫展禾表白了也不一定。

但她終究是江心瑜嘛。

「妳是不是喜歡溫展禾啊？」

雲鵲突然就這麼問了，嚇得江心瑜猛然抬頭，愣在當場，她慌張地看著雲鵲，連話都說不出來。

「是吧?我不會看錯的，什麼時候開始的事?」雲鵲嘖嘖嘖的搖頭，「我之前都沒注意到，但你們今天很明顯耶!」

「沒沒沒有!我沒有!」江心瑜慌張地擺手，「妳誤會了!」

「你們上次見面什麼時候?有去約會嗎?不、不對啊，妳才剛分手，溫展禾也有女友。」

「沒有沒有!我們除了每年社團聚會外，從沒私下見面的，哎唷!」江心瑜面紅耳赤地抓著雲鵲，「拜托妳別亂說，尤其不能跟溫展禾亂講啊!」

「沒見面……那就是聊天嘍?網聊聊出感情了!對耶!」雲鵲立即腦補，「妳學了攝影，他學了設計……」

「雲鵲!拜託妳別再說了，別引起誤會!」江心瑜抓著她的雙手，低垂著頭鞠躬都要超過九十度，淚水不停撲簌簌滴落。「我想跟他做永遠的朋友……拜託!」

那一步如果跨出去了，會連朋友都做不成的!

永遠的朋友?這句話令雲鵲恍然大悟，江心瑜喜歡溫展禾很久很久了，是單戀。

「大學就開始的事嗎?」雲鵲暗暗嘆息，「單戀這麼久啊。」

江心瑜抬起頭，緊張地淌著淚。「我大學那個樣子只能單戀，就算是現在……也一樣，我一直都很有自知之明的！所以我也有自己的戀情，雖然不太順利，但我對他沒有奢望，只想維持現狀。」

雲鵲凝視著哭成淚人兒的江心瑜，她接觸攝影，是因為溫展禾喜歡她才想去學的吧？她懂！就是想跟喜歡的人能建立聯繫，能有話題……雲鵲心疼地撫上江心瑜的臉，怎麼這麼傻！

「妳沒想試試看嗎？我感覺你們有化學反應，試著表達，總比這樣呆呆單戀這麼多年好啊！」

「這樣就夠了！平時可以聊天，一年見一次面，我已經滿足了。」江心瑜即刻用力搖頭，「我本來以為時間久了，我又有喜歡的人後，對他的感覺就會淡掉……」

結果沒有。

每一年的七夕，她想起溫展禾時都會雀躍，來到餐廳門口時會幻想各種情景，期待著看見他的瞬間，會是怎麼樣的心情？

今天走進餐廳時，她第一眼看見的就是溫展禾的背影，她依舊心跳加快，他對著她笑時，心中還是會有狂喜；她甚至不懂這是因為得不到的雀躍？不甘願？還是她真的就是那麼喜歡他？

「想要忘掉，就是不要聯繫，你們因為共同興趣建立的聯繫只會讓妳越陷越深。」

「我沒有要忘掉！我就只是想維持現狀，就只是社團朋友啊！」江心瑜緊張地解釋，「我只是心底有個位置放著他而已，其他都不會想，他就像是我一個人生中的小繽紛？礙不到誰的。」

雲鵲苦笑著，突然上前擁住了江心瑜，輕輕拍拍她。「我不會說的。」

好傻。

如果他們真的跟牛郎織女一樣，一年見一次，如此情感不會增溫，也會越來越淡；但是她看見的是他們日常聯絡頻繁，甚至相互學習對方的興趣而轉職，這層關係太深了。

長久以往，人心不足，遲早江心瑜會覺得不夠，她的心會盛不下單戀，她會想要雙向的愛情，但這樣的渴望湧現、卻又愛而不得時，那時便會比現在更痛苦。

雲鵲保證不會多言，江心瑜才擦乾了淚，繼續採買，等這輪東西買完後，雲鵲就覺得腰痠腳疼嚷著回家休息；然後她介紹江心瑜一間特殊網美店讓她去喝下午茶，還有一間晚餐絕佳的店，是個人小火鍋，保證沒有情侶會去吃，加上雲鵲跟老闆是熟客，可以幫她預留位置。

臨走前雲鵲千交代萬交代，絕對不要回應前男友。

今天沒事的江心瑜欣然同意，與雲鵲分開後，便拿起相機拍著街景，形形色色的人們，洋溢著幸福的情人，學會拍照後，她從未有過無聊的時刻。

前去雲鵲介紹的下午茶店，浪漫的歐風裝飾，讓她又拍了好幾十張照片，她甚至詢問了包場價格，或許未來雜誌可以到這兒來取景；喝杯咖啡後又在滿街情人中逛街，買了幾個小髮飾，前往雲鵲為她預訂的小火鍋餐廳。

就算沒情侶去吃，依舊生意興隆，幸好靠關係保留了位置，而且還留了窗邊的好位置，讓她可以邊吃邊看著窗景，倒也不錯。

前男友的訊息不停發來，但她已經不再點開，心中有些不捨，可是現在這狀況需要的就是徹底的斷捨離，不能拖泥帶水。

她其實不該在外面晃的，前天拍的照片都還沒整理好，應該要抓緊時間回去修片，但是……唉，在這美好的七夕時光，就算她只有一個人，也想要悠閒度過。

否則就怕回到家裡，孤伶伶的一個人，只會更加難受吧。

「真的不能再加把椅子嗎？」

眼前驀地出現影子，熟悉的聲音再度讓江心瑜錯愕，她筷子都還在鍋子裡煮著肉，愕然抬頭看著高大的男人。

「一人火鍋啊，先生。」服務人員上前，非常為難。「不然請移到吧檯區？至少可以並排坐？」

「好嗎？」他低頭看著一臉呆樣的江心瑜。

「……」她緩速點了點頭，瞠目結舌，說不出話來，為什麼溫展禾在這裡？他為什麼又在這裡？

服務人員開始幫忙移動餐具，溫展禾在旁再三說著抱歉、辛苦了，還不忘給了服務人員小費；待他坐上吧檯的位置，與江心瑜並肩坐在一起後，認真地開始看菜單。

「為什麼你會在這裡？」江心瑜終於恢復了說話能力，越過他往外看。「你女友呢？不會又分手了吧？」

「唉！」溫展禾擠出苦笑，「我沒什麼過情人節的命吧！」

「又、又嗎？」江心瑜好驚訝，旋即想到關鍵。「是不是因為社聚的關係？因為你執意要來又沒溝通好，女孩子生氣了？」

只見溫展禾聳聳肩，向櫃檯裡的人員點了一個麻辣小火鍋，再加點兩杯啤酒。

「觀念不合，走到分手是必然的，有時長痛不如短痛。」他終於在拿到啤酒時開了口，「只是又得麻煩妳陪我了。」

「我是沒關係啦，我也一個人……」江心瑜眨眨眼，她當然沒關係啊！「你為什麼知道我在這裡，這次我可沒打卡！」

兩年前的七夕，他是循著臉書照片才找到她的。

「雲鵲說的！她還交代幫她盯著妳，怕妳找前男友復合。」溫展禾忽然頓了一下，遲疑幾秒。「妳不會吧？」

「厚！她連這個都說？煩耶！」江心瑜難為情地繼續煮火鍋，「我不會跟他復合的，你們不是都說，我適合更好的嗎？」

「當然，我一直這麼認為。」溫展禾劃上的笑容，又在一秒凍結。「我也不覺得晚上的派對會有適合的。」

江心瑜登時倒抽一口氣，唉呀一聲的尋找手機。「完蛋了！我忘記看今晚的時間了！」

都是因為前男友很煩，她才把手機關靜音的，莎莎說不定找她好幾輪了！

抓起手機查看，莎莎果然打了幾通，然後傳給她時間跟地點，九點開始，現在才七點……

「妳要去嗎？」溫展禾托著腮，冷冷地問著。

「啊？我……」她略蹙起眉，不知道該怎麼回答。

現在溫展禾就坐在她身邊，她怎麼可能去啊！問題是接下來他沒有約了吧？兩次都在情人節跟女友分手有點糟糕耶，身為朋友好歹要陪伴一下吧？

而且，她很想很想陪著他，這是為數不多、只有他們兩個的時候。

「不打算陪我？要去派對找年輕帥哥啊？」溫展禾突然欺身向她靠近了幾吋，「妳這樣對待剛失戀的同學？好無情啊……」

「陪陪陪！我沒說我不陪啊！」江心瑜趕緊回應著，「我只是在想怎麼跟我朋友說。」

溫展禾立即愉快地勾起笑容，「就直接說，妳有約了。」

江心瑜呵呵乾笑兩聲，這種回法只會讓她在下次拍攝時，被莎莎追殺得問個沒完吧？不得不說，八卦永遠精采，大家都不會放過。

溫展禾的火鍋上桌，江心瑜回覆莎莎，他們大學同學續攤，晚上的派對就不去了，請放心，她不是一個人。

悄悄瞄著正專心投料的溫展禾，真好，又能跟他一起過情人節，即使不是情人，卻也足夠滿足她這顆單戀的心。

到底什麼時候，才會不再為他心跳加速呢？

拿起相機，她想多拍幾張。

「幹嘛……很奇怪耶！」溫展禾羞赧地以手遮臉，「太近了啦！」

「你別看鏡頭，我是要取自然的角度，吃你的火鍋！」江心瑜笑著交代，「快吃啦！」

溫展禾依舊尷尬不自在地煮火鍋，但明知旁邊有這麼一大顆鏡頭，實在很難忽視；而江心瑜則利用這樣的時間，大方貪婪地看著鏡頭裡的溫展禾，只有這個時候……她才能這樣肆無忌憚地凝視。

快門不停地按，鏡頭裡的男人煮火鍋，看向遠方，都呈現出不自然，拍人跟被拍是兩碼子事，他實在不習慣。

微笑右轉，眼神終究對上了鏡頭。

這瞬間，他們彷彿透過相機，四目相交了……「別，別看鏡頭啊！」

別看我。

但溫展禾沒移開視線，也沒回應，就只是盯著鏡頭，彷彿睇凝著她，江心瑜的食指卡在快門上微顫，心跳跟著飆升，這樣被他看著，她會不會已經臉紅了啊！

「咳！」她趕緊放下相機，抓起桌上的冰飲便灌。「好啦不拍了！」

「整理好要給我喔！」模特兒不忘要求照片。

「會！放心，今天的照片我都會放到群組去……你的我另外給你。」放到群組去，鐵定一堆人會八卦。

「吃完我們去上次那間酒吧喝酒？」不過兩站距離，很便利。

「嗯，好哇！」江心瑜內心竊喜著，想都沒想過，她竟跟溫展禾一起過了第二個情人節！

他們永遠有聊不完的話題，從下午的聚會，到社團及其他人的動向，甚至是彼此的工作，畢竟都是對方的興趣之一，然後江心瑜忍不住好奇心——

「跟你女友到底怎麼了？」她覺得交往一年多了，選情人節分手太衝動。

溫展禾略深呼吸，「嗯……」

「吵架還是需要溝通啦，別這樣就提分手，畢竟都交往這麼久了。」她好心苦勸。

「是多久？也才一年多！妳這個比我還久好嗎？」溫展禾哼了一聲，「也是說分就分。」
「我是被劈腿，你知道他有多少炮友嗎？每一個都是模特兒。」江心瑜覺得狀況可不一樣，「我當然要立刻斬斷，不能再拖下去啊！」
溫展禾皺起眉，「妳之前都不知道嗎？這麼信任他啊！他是個怎樣的人？」
「同行，我們以前合作過，我是需要日久生情的類型嘛！」江心瑜側了頭，眼神看得很遠。「他很成熟，大我八歲，行事作風非常穩重，令人安心，也總是說公私分明，他跟模特兒不會有什麼，我自己跟男模特沒有什麼，自然也會相信他。」
「很成熟啊……又穩重，安全感，嗯，女生好像都喜歡這樣子的男人。」溫展禾挑了挑眉，「一起規劃未來嗎？」
「那當然，想走長久或是一輩子的話，總會希望對方是可靠的人吧？」她自嘲著搖頭，「但一切都是我自以為，可靠？呵。無數的炮友還能對我說只愛我，那些女人都只是甜點。」
「哇塞！」其實身為男人，內心是有點羨慕的。
「再穩重、再成熟，再有房有車，跟我一起規劃未來都沒用，因為他的未來還有太多其他的女人。」她扔下丸子，「別說我了，你呢？我看你女友很正啊！

感情也不錯！」

「首先要合啦……」溫展禾把手機照片調出來，扔在他們之間。「但跟妳一樣，相處久了才會知道。」

好正。江心瑜看著照片裡甜美的女孩，每任特質都類似，又瘦又高，看起來甜美大方，跟她是截然不同的類型……廢話，溫展禾的顏值其實可以當模特兒了，當然會選一樣好看的女孩啊。

「好漂亮，而且看起來很活潑耶！」她試探性地問，「開朗型的吧？」

「嗯，挺活潑的，但過頭了就是聒噪。」溫展禾還在氣頭上似的，說話不中聽。「而且都一年多了還沒辦法懂得彼此，想要走下去也是累了。」

甜美、可愛、活潑開朗，嗯，江心瑜心有幾分黯淡，這些都不是她。

這是她早就知道的事，在可惜些什麼呢？

「所以是你提分手，還是她甩了你啊？哪有人老在情人節被甩的？」

溫展禾笑了起來，一臉無奈。「大概我活該吧！」

第六年·七夕前一天

辦公室內氣氛緊繃著，江心瑜專心地坐在電腦邊，滑鼠移來移去，終於存了檔。

「溫展禾，傳過去了。」她趕緊大喊。

前方六個 OA 處的男人舉手回應，「收到！」

江心瑜起身想衝到前面去看……最終忍住，都已經忙到這麼晚了，他們趕著要設計出最終成本，她不如利用這時間叫個外送，好好慰勞一下辛苦的大家。

滑開手機叫了幾份宵夜與飲料，按捺住性子的坐在位置上等，前方那區挑燈夜戰的都是設計部，大家今晚在趕明天要送印的系列，還得傳給總編看，過了之後才算完工。

『七夕確定會到的有誰？』

去死團的視窗再度跳出來，對，下週就是七夕了，又是一年一度見面的日子，她直接寫上＋2，反正大家都知道，現在她跟溫展禾在同一家雜誌公司工作。

「心瑜！」前方的溫展禾回頭，她即刻起身衝過去！

一路來到他的桌邊，焦急地看著他們剛剛套用的封面，有好幾個版本，但都各具特色。

「太好了太好了！快點先傳給總編看！」江心瑜催促著，溫展禾即刻動作，等待最終判決。

整個設計部的人都屏氣凝神，總編意外的乾脆，不到三分鐘就決定封面，現場一陣歡呼。

「耶！下班！」設計部的人大聲歡呼。

「走走走！快點！辛苦了！」溫展禾連忙安慰下屬們，看著牆上的時鐘，已經十點了啊！

江心瑜隨手拉開其他同事的椅子，癱了進去。「呼，我累死了。」

「抱歉拖妳下水，明明妳照片都已經處理好了。」溫展禾一臉撒嬌樣，「但妳不在，我就是安不了心。」

「說什麼，這我們的工作啊！」江心瑜笑著，「我叫了宵夜，等等一起吃？」

「好！當然要！」溫展禾毫不猶豫，「妳真的太貼心，居然已經點宵夜了……啊剛剛沒跟他們說。」

一轉眼，下屬都走光了。

「他們急著要回去，這麼晚了本來就不會留，一晚上看了好幾次手機，另一半在催吧？」江心瑜向來觀察細膩，「你應該還好吧？你現在這個女友好像不會太干涉你？」

「嗯……對，她不太會管太多，工作嘛。」他笑了笑，「我先收拾一下桌面，等等我下去拿宵夜。」

「好，麻煩你了……啊對，剛剛大牛問七夕社聚，我說我們都會去喔！」江心瑜起身要回自己位置時不忘告知。

「OKOK，當然會去！」

江心瑜也回到位子上收拾東西，期待的宵夜時光，是她的幸福時間。

兩年前那個情人節後，她跟溫展禾接觸得更密切，加上他們都回請對方一次，所以私交變得更好；然後溫展禾提出想轉職，問她的公司有沒有缺人，她便介紹他來面試，最後順利錄取。

雖說有點靠人脈，但她很認真地看過溫展禾的作品，比她之前還厲害，這是間接開發了對方的潛力啊！從此以後他們便在同一間公司奮鬥，合作上更是默契十足。

但是，他們誰也沒有跨過那條界線，她還是那個大學社團好朋友，永遠站在單戀的位置。

至少，不是一年只能見一次了，她就該心滿意足了對吧？可是，雲鵲說得真對，她的心似乎變得越來越貪婪，從一年一度的七夕見面、到在同一間公司上班，接著她渴望更多，儘管知道不可能，但感情真的太難克制了。

他身邊有個叫小曼的女友，近兩年前他們剛交往時，還一起吃過飯，溫展禾大方地介紹她是去死團元老，也是介紹他到新公司工作的人，小曼一如之前的類型，陽光開朗，甜美迷人，唯一不同的是，真的很相信溫展禾，任他加班不吵不鬧，也不介意他們在同一間公司。

有人說，男女間的純友誼，是建立在顏值上的。

她，就是那個能讓所有女友都相信純友誼的存在吧？

然後，為了讓溫展禾、或那個小曼放心，她也捏造了一個男友，推說是阿姨介紹的，正在遠距離戀愛，如此也就沒有跟溫展禾見面認識的必要，這樣子大家都能安心，都能好好地在好友的位置上，不輕易動搖。

「哇，妳真的超知道我愛吃什麼的！」溫展禾打開外賣，笑得一臉燦爛。「忙碌過後，就是要來份快炒加啤酒，還是我最愛的薑絲大腸。」

她當然知道他愛吃什麼，他的一個小動作、喜歡的零食，使用的洗髮精、髮膠，她全部都知道。

「妳又吃臭豆腐？啊不要太常吃啦，跟妳說油炸的不好，而且那間都用回鍋油！」溫展禾皺起眉，江心瑜很愛吃附近一間炸臭豆腐。

「就是這樣才會酥啊，才好吃！」江心瑜開心地把泡菜塞進臭豆腐裡，「我就偶爾吃嘛。」

「最好是偶爾，我看妳一週至少吃一次。」溫展禾碎碎唸著，嚴格說起來現在才第二週，她已經吃三次了。

江心瑜現在不若之前那麼削瘦，因為他進公司後，有機會就找她一起吃飯，或是知道她今天在哪裡拍攝，鐵定送東西去，兩年前瘦成那樣真的氣色太憔悴，而且不健康，一點都不好看。

大學時或許過胖了些，但那時的江心瑜卻是他覺得最好看的時候！現在剛好在中間值，不是極瘦的模樣，也不若過去的胖，算是剛剛好。

「好啦好啦！就好吃嘛！」她滿足地塞入滿滿一口臭豆腐。

溫展禾滑著手機，看著去死團群組的回應，今年參加的人比想像中多，過去幾年沒出現的人都說要來，大牛特地再三交代，不許攜伴。

「弘中居然也可以來，我以為結婚後會友誼鏈斷絕耶！」看著弘中回應要來，他相當訝異。

「我啊，倒是覺得今年參加的人多，是因為去年結婚的人多了。」江心瑜低頭看著參與名單，「你自己看，是不是都是去年結婚的？剛好可以展現新婚的姿態？」

「這麼說倒是有理，也可以說因為結婚了，另一半比較放心嗎？」溫展禾也有察覺到這點，「反正只要不要攜伴來就好。」

「社長會把關的！攜伴還玩什麼去死團？」江心瑜邊說，立刻看到有人抱怨為什麼不能帶老公去？老公也想要認識一下去死團的團員們。

大牛果然即刻回絕，這是去死團，想攜伴就別來了。

他們一邊看著訊息不停冒出，一邊討論，幸好現在大家不會亂炸，去年社員的婚禮他們幾乎都沒參加，一來多年未聯絡，加上工作滿檔，實在很難參加，看樣子可能超過三十人，大牛應該要包餐廳了。

「小籠包也兩歲了，我有買玩具要給他。」江心瑜說的是雲鵲的孩子，「上次見面時，他超愛恐龍。」

「我也有買車子要給他，託雲鵲帶回去就好。」他們兩人跟雲鵲也都有聯繫，為母則強，她生下孩子後開始經營網拍跟 YouTube，做得有聲有色，絕對能自給自足。

「真快，我們都這年紀了，大家好像也陸續結婚……」江心瑜有些感嘆，「接著就是小孩一個接一個出生。」

因為久違的社員要參與，他們都跑去滑開各人的臉書，看著他們的近況，七夕那天也好聊，但看見的卻是褪去青澀的人們，走向人生的另一個階段。

「是啊，好像到了這個年紀，大家都說該結婚了。」溫展禾也百感交集，「身邊是誰，就是誰了。」

江心瑜點點頭，她也曾是這樣的人，兩年前跟那個花心攝影師在一起時，就已經設定好跟他攜手一生，也設定二十八歲結婚，原本……但現在的她已經沒有這種想法了。

幾次的戀情都給了她打擊，她選擇隨緣，而且現在每天都能跟單戀的人在一起工作，沒有什麼比這個更幸福的事了！

當然她也為自己設了停損點，一旦溫展禾結婚，她就會離開。

換工作、離開北部，中斷個幾年，等他在心裡的分量變輕甚至無感後，再重新回到朋友的位置，如此，她的奢望就不會這麼強烈了吧？

「你呢？打算要結婚了嗎？」她還是問了，「小曼感覺不錯，而且又很尊重、也相信你。」

「嗯……或許吧！交換！」溫展禾倒是滿不在乎地說著，把便當盒往她那邊推過去。「我是不覺得需要那麼早結婚啦！」

「但大家都說女人青春有限，要生孩子要快。」江心瑜邊說，一邊把臭豆腐遞給他。「越晚生是考驗大人體力。」

「是喔……妳也這麼覺得嗎？妳跟他……打算結了？然後趕進度把孩子生一生？」溫展禾好奇地看著她。

呃……這一問反而讓江心瑜幾分心虛，她的男友是虛擬的啊，根本不存在，哪來的結婚跟生小孩？

「我以前是設定二十八歲結婚啦，但……現在不那麼積極了。」她隨口說著，「反正就隨緣。」

「說不定他也有一樣的想法，希望妳趁年輕快點生，指不定哪天就求婚了。」溫展禾呵呵笑了起來，「啊，情人節！那可是個好日子！」

「最好！」她嚼著大腸，「那你咧，要挑情人節跟小曼求婚嗎？」

「嗯……」溫展禾連連點頭，「這的確是個好主意耶，以後也不必刻意記日子？」

他要求婚了。

江心瑜的心在瞬間沉下，他有考慮小曼、也考慮結婚，甚至連情人節求婚都想好了……終究到了這一天嗎？

她強顏歡笑地祝福他，兩個人還舉杯互敬；吃完後江心瑜動手整理，拿到茶水間去沖洗分類。

「你先回去吧，我來弄就好了。」江心瑜要進茶水間前趕緊交代。

「不急，我等妳啊，都這麼晚了。」溫展禾自然地拿起空瓶，一道進入茶水間清理。

他們動作熟練，盡可能清洗徹底，才不會有氣味殘留，高處的東西交給高個子的溫展禾負責。

江心瑜還在洗東西，洗好一個杯子便往上遞，高大的溫展禾站在她身後輕鬆地打開櫃子，接過杯子後擦乾再擱上去，筷子、湯匙，整理得有條不紊，然後江心瑜關上水龍頭，自然地往後退要離開時——就這麼撞上了身後的溫展禾。

「啊！」她措手不及，左手趕緊扳住洗手槽邊緣，人還是往溫展禾倒去。

而來不及關上櫃門的溫展禾眼明手快地即刻抱住她，穩住她的身體。

近午夜的辦公室裡，省電的燈光昏暗，在空間不大的茶水間裡，就只有他們兩個人。

微曲著膝的江心瑜是靠在他懷裡的，而他的左手臂正環著她的身子……他們第一次這麼的近，她緩緩抬起頭，看見的是他俯視的臉龐……鼻子……唇。

溫展禾低頭凝視著她，右手長指還抵著上方的櫃門，他是不是應該要問「還好吧」？還是趕緊禮貌地鬆開手？可是……他一點兒都不想鬆手！

江心瑜抱起來果然是這種感覺，跟他想像的一樣柔軟。

她上個月剛換洗髮精，他比較喜歡這瓶的味道，洋甘菊的香氣特別好聞，就像她給人的感覺一樣。

他是不是抱太久了？溫展禾喉頭緊窒地看著也抬頭的女人，為什麼每年看、每天看，都覺得她一天比一天漂亮？

放手，溫展禾！你該放手了，他這麼告訴自己，手指輕輕地鬆開。

就在同一瞬間，江心瑜抓著他的襯衫，突地向上逼近了他的唇——一吋之遙，她感受到他鬆開了力道——啊！

江心瑜飛快地把頭往左擺，朝著洗手槽去，整個人還因為用力過猛而撲上去！

茶水間裡依舊沉默，溫展禾看著肚子靠在流理台邊緣的江心瑜，僵硬得說不出話。

「我收尾就……就好，你先回去吧。」背對著溫展禾，江心瑜努力地開口。

「……好！麻、麻煩妳了。」他沒有留下，轉過腳跟即刻朝外去。

待在茶水間的江心瑜，一直到聽見管制門開啟，溫展禾離開後，才終於得以呼吸……「呼……天哪！妳在做什麼啊！江心瑜！」

就差那麼一點點，如果不是溫展禾鬆手，她就要吻上去了！

她居然想主動吻上他？想跨過那條線！

不行，她緊緊扳著邊緣，她不能再等到他結婚了！這兩年過於密切地相處讓她燃起太多不該有的奢望！她不想只是單戀的女人，但她只能是單戀！痛苦的淚水終於滑下臉龐，江心瑜轉過身，背靠著洗手槽，仰起頭彷彿這樣淚水就不會滑落似的。

「嗚……嗚嗚……」她終於還是失聲痛哭起來，緩緩蹲下了身，一個人在昏暗的茶水間裡放聲大哭。

心守不住就該離開，這是她自己犯的錯，怨不得人，可是……她真的好喜歡好喜歡他啊！

□

「呼——」衝進電梯的溫展禾，終於換了口氣。

他剛剛是逕直走回座位，抓過包包與手機，衝出辦公室的！動作快到連他都覺得自己像是在逃難！所幸這麼晚了，電梯裡只有他一個人，他望著鏡子裡的自己，瞧這滿頭大汗的模樣，像是剛剛遭遇了什麼重大事故。

是啊，剛剛他太貪心了！抱著江心瑜太久，一時失了分寸。

只怪機會太難得，所以他一時情緒失控。

「清醒點啊，冷靜點啊你！溫展禾！」他對著鏡子裡的自己責備著，「要是跨過了那條線怎麼辦？扛得起嗎你？」

他對著鏡子裡的自己責備著，分寸呢？要是再繼續下去，他想怎麼樣？他剛是不是頭不自覺地越來越低？是不是盯著江心瑜的唇看？搞什麼啊！

不小心一點，是會被發現的好嗎？

電梯抵達一樓，他垂頭喪氣地離開公司，一邊祈禱明天太陽升起後一切都不會變，大家都能像往常一樣自然，還是朋友。

騎上Ubike，他打算繞點路冷靜一下，乘著夜風騎到了河邊，看著點點燈火的夜景，不由得想起四年前那個情人節；那天他質疑江心瑜當時的男友可能劈腿，讓她去查證，結果晚上卻看見她發出單身文並拍下了河景。

坐在窗邊的他，留意到跟眼前的景色類似，依照角度很快地找到了江心瑜的身影！他知道他猜對了，所以江心瑜一定是去突擊，才發現到男友欺騙她的事實，怎麼想都知道應該是劈腿，那她得受到多大的打擊啊？

距離這麼近，又知道她在情人節這天發現男友劈腿，他直覺地就是想去安慰江心瑜，至少陪著她，別讓她一個人形單影隻坐在那裡，看著來來往往的情人們也太悲傷，要是突然想不開怎麼辦？眼前是河啊！

他跟女友明說約會喊停，時間已經過九點，讓她先回家，他必須去陪一個剛失戀的朋友，晚點就回去，然後女友就開始了靈魂拷問，他一五一十的回答，沒有任何隱瞞，結果女友不准他去，完全爆氣還直接在餐廳裡吵起架，指責他竟然要在情人節當晚把她甩下，去陪另一個女人？他不滿她的說法，他是去陪一個失戀的朋友，而且那天已經一起度過情人節，飯也吃了、禮物也送了，不要把同學相處講成他劈腿似的。

是他讓江心瑜疑心自己男友的，她今天會這麼難受也是因他而起，他有一部分責任，至少不能讓她孤單的傷心吧？

他反問女友，萬一她想不開怎麼辦？女友一句：「那也是她的事。」就換他炸了。

他看著平常明明還算體貼的女友，居然會說出如此冷血的話語，簡直不敢相信。女友認定他與江心瑜相互喜歡，他完全不想再解釋了，今天換作弘中他也會去陪伴，同學低潮，就該相助！可是女友依舊不依不饒，認為失戀是江心瑜的事，她要想不開也是跟自己過不去，無論如何，他今晚只能選擇一個。

這跟與媽媽落河的選擇題一樣低能，他沒有猶豫地選擇了江心瑜，向女友提出分手。

女友歇斯底里地摔翻一桌的東西，打她一巴掌後尖叫離開，他賠了所有的破碎物後，就趕到河邊……看著那哭得涕泗縱橫的女孩，正胡亂塞著食之無味的便當，一副想把自己噎死般的可憐兮兮。

他只覺得心痛。

他從未後悔那晚分手去陪江心瑜，那天她是因為他才傷心透頂，雖然也算幫她看清事實，但他還是希望江心瑜，永遠笑得溫婉柔軟。

那個情人節後，他們私下的訊息越來越多，不到密切，但只是有要事都會分享；遇到好事時，他第一個都會想到江心瑜；為了增加話題，所以他開始學習設計軟體，而她竟也開始好奇攝影，他們互相教學，再分享著生活點滴，彼此後來也經歷了幾段新戀情，他這人會矖照，江心瑜知道他所有的女友，跟他們吵過的架，但她就比較害羞些，很少提起男友的事。

兩年前的情人節，他們見面就如平常般自然，只是一年未見，因失戀過瘦的江心瑜讓他覺得生氣，她怎麼會這麼不懂得照顧自己？但聽見她變成攝影師又有一種與有榮焉的感覺，然後……她說情人節晚上要去參加模特兒的派對後，他整個人就心神不寧了。

不行不行不行！他全身每個細胞都在吶喊，她絕對不能去那種地方！第一會被拐，第二，萬一真的遇上什麼小鮮肉怎麼辦？他沒辦法探討他究竟在介意什麼，反正他就是整餐都食不知味，滿腦都在想這件事。

跟女友見面後暫時忘記數小時，直到雲鵲的訊息傳來。「江心瑜的渣男前男友一直傳訊給她要復合！我怕她因為寂寞或傷心就點頭了！」後面還附上她的行程。

看到訊息的瞬間，他完全無法再專心地跟女友約會了，不管是參加模特兒派對，或是跟那個害她變瘦的男人復合，全部都是不該允許的事！

在心不在焉又氣急敗壞的瞬間，他意識到，他是不是喜歡江心瑜？

天哪，什麼時候的事他根本不知道，說不定在兩年前的情人節？或是更早以前？他就一直對她有好感，但是他知道，自己不是她喜歡的型。

當時的女友看出他根本神遊，不高興地問他怎麼了，他誠實以告，告訴女友他現在對一個應該只是同學的女生在意非常，巴不得立刻到她身邊去，但是又覺得是不是錯覺？問女友願不願意給他點時間釐清？

然後他又獲得一巴掌，以及情人節又分手的第二張點數。

被分手卻沒給他任何難受或是痛楚，臉頰上的巴掌印也沒有感覺，他只知道要立刻衝到雲鵲說的單人火鍋店，在外頭看見窗邊的江心瑜真的只有一個人時，他無法忘記那種放心的感覺。

那天是非常美妙的情人節，但他也試探過了，一切如他所料，江心瑜喜歡的類型跟他完全不同，這就是他們只能當朋友的原因；成熟穩重、事業有成，他不是那樣的人，事業上也還需要時間。

但沒關係，當朋友就好，刻意試著看能不能與她再近一點，所以到同一間公司工作，這兩年來的相處，與她工作如魚得水，他們真的非常契合，不管是興趣、話題或是喜好，唯一只在於……他不是她的菜。

「別慌，別慌。」他喘著氣，重新騎上腳踏車。「明天就當什麼事都沒有，如果她問起的話，也要裝自然，說只是意外！」

那條線不能越過去。

因為那是他單戀的位置。

第六年

茶水間的隔日，尷尬的氣氛在見面瞬間湧現，但江心瑜立刻用一個自然的笑容打破，並且轉達了總編的話，表示這期的封面設計得非常優秀，他相當喜歡；設計組歡聲雷動，他們中午還一起去聚餐，所以再沒有人提昨晚的事，就像什麼都沒發生過。

但江心瑜已經悄悄地在物色新公司，準備投履歷，也在高雄找房子了，事情必須速戰速決，她要快點離開這裡。

她就怕，下週情人節時，溫展禾向小曼求婚，在群組發送訊息後，她還得笑著祝福他，她真的不想！

「離開？什麼意思？」雲鵲眼線畫到一半，錯愕地望向她。

「我找到高雄的工作，已經投履歷了，透過之前認識的模特兒介紹，應該很快就能過去。」江心瑜有些無奈，「房子也看好幾間了。」

「妳是在趕什麼？」雲鵲不明所以。

今天是七夕，又是去死團聚會，這次因為有三十幾個人參加，所以大牛直接包場，她們兩個提早抵達，雲鵲在化妝室補妝，她穿得超辣，一點都不像是有一個孩子的媽。

「被妳說中了，我想要的已經不只是跟他當朋友了。」江心瑜說出了那晚的事情，雲鵲只是聽著，反正她早就講過了。

「他抱了妳多久？」聽完後，雲鵲卻問了奇怪的問題

「啊？我、我不知道……我那時心都快跳出來了，只看著他的唇發呆，想著要不要撲上去，哪知道多久？」江心瑜光回憶都能面紅耳赤。

「是喔！」雲鵲淡淡地說著，大家都知道他們在一起工作兩年，是同事也是朋友，每個人都覺得這樣超讚的呢。

而她，早在一開始就警告江心瑜，這只是自虐的行為！看吧，現在是不是現世報了？

「我當然沒跟溫展禾說，我想說等找到工作跟房子，搬家後再講。」江心

瑜咬了咬唇，拉拉雲鵲的衣角。「拜託幫我想想，用什麼藉口比較好啦。」

「藉口？喔……江心瑜，妳不考慮直接告白嗎？」

江心瑜差點沒嚇出心臟病，緊張地回頭看著女廁，幸好現在真的只有她們兩個，萬一有別的社員在怎麼辦！

「噓……別說啊！」她快嚇死，「我告什麼白啊？我們一起工作兩年都沒個發展了，想也知道，我就不是他的菜啊！」

「是嗎？」雲鵲高度懷疑，每年看她每年都覺得這兩個人之間明明就有點什麼啊！

「我比誰都清楚，大家不是都說了，純友誼建立在顏值上？所以我才會是他的好朋友……也只能是他的好朋友。」江心瑜透露出不甘心的悲傷，「但我為了讓一切更安全，我還掰了個假男友……這樣大家都安心啊！」

雲鵲大吃一驚，「妳還真會斷自己後路啊，妳那個遠距男友是假的？」

江心瑜認真地點著頭，不這樣，總會讓人覺得有懷疑空間嘛！「不然他女友怎麼會那麼放心讓他加班？跟我成天在一起工作？」

「不是……就算不是溫展禾，一個假男友就會把妳其他緣分都斷了耶！」

雲鵲當然不懂，因為她是有男友也會說永遠單身的類型。

「我沒有要其他緣分了啦，戀愛其實也沒什麼好事，呵……次次被劈腿是很痛的。」只會提醒她是多麼的沒有吸引力，男友才會一直劈腿。「幫我想個好一點的藉口，光明正大，又不會令人起疑……」

「我覺得告白最快啊，一翻兩瞪眼。」雲鵲還是一樣的態度，「妳這麼急到底要幹嘛？急事要緩辦，妳越趕，什麼理由都會變藉口。」

「我撐不下去了！說不定他今天就會跟他女友求婚了！然後我還得祝福他！」江心瑜原本難受地喊著，卻突然一怔。「對啊！結婚……說要結婚就好了啊！我男友也跟我求婚了，但男友老家在高雄，所以我必須搬家！」

哎呀！太完美了，就用這個藉口，那天他們也談過，結婚年齡到了嘛！

「隨妳。」雲鵲不置可否，因為她覺得江心瑜不是單向。

擬定好理由的江心瑜開始推演，但她不會在今天說，自然也拜託雲鵲保密，等即將離開台北時，再一鼓作氣地解釋，誰都不能質疑的好藉口！

這天的七夕聚會果然超盛大，足足來了四桌的人，全都獨自前來，不過一如所料，一開始的熱絡後，大家就開始在比自己的另一半多優秀，婚禮多豪華，聽得雲鵲連連呵欠，江心瑜跟溫展禾照樣坐在角落，一臉「你看吧」的態度。

大牛覺得目前還沒太誇張，不需要打圓場，他則專心地找個別同學談話，而且他早有遠見的把新婚的人全安排在一桌，讓他們比個夠。

「一起工作，這緣分太難得了吧？」大家都超羨慕溫展禾與江心瑜的友誼，「而且我聽說最後江小瑜變攝影師，結果小溫成了設計？」

「典型互相影響的成功案例！」溫展禾依舊自豪，「你們沒看過江心瑜拍的照片，之美喔！」

「沒有啦！」江心瑜被讚美得害羞了，「他的設計功力也比我當時強太多，完全PRO級，我那時只是玩票，他現在隨便一弄都是大師級作品！」

「還行還行！」溫展禾滿口自謙，但其實臉上滿滿驕傲。

「都在謙虛什麼啦！」雲鵲笑起來，「我有看你們最新一期雜誌的封面，真的好讚！」

「妳有看喔？」溫展禾雙眼亮晶晶，塞滿成就感。

「不錯耶……但事業穩定，什麼時候要結婚？」一個五年不見的社員好奇地問，「我發現你後來都沒曬照片了，不過我聽他們說你女友一直沒斷過！」

溫展禾唉呀了聲，「才幾歲，不急啦！」

「不急啊，你看看那兩桌！」弘中接口，他自己也是已婚人士了。「我本來也不急，但我老婆很急啊！」

「卡生小孩嗎？」大牛也是這麼覺得，「我也覺得不必趕。」

「副社長生了嗎？」雲鵲話鋒一轉，看向了還是沒變的副社長。

他用力點點頭，伸手比了個三。

「三個？」江心瑜瞠目結舌，「不是啊，去年聚會時沒說啊！」

「你們又沒問。」副社長照慣例地回著，「前年生一個了，去年我老婆生了雙胞胎。」

副社長真的是超級惦惦吃三碗公的典型耶，最早結婚、孩子又生了三個，而且他還是大家都以為會最難結婚的人！

「這種事還是要談啦，不過一般女生只要戀情穩定了，都會想要早結婚。」已婚的同學良心建議，「真的如果打算要結婚，今天求婚算是個好日子喔！」

江心瑜內心十分煎熬，但還是應和話題。「搞不好他真就要求婚了，他說過情人節求婚的話，以後日子很好記。」

溫展禾沒說什麼，就只是笑笑，開心地吃著盤裡的美食。

過一會兒其他桌的也都跑過來聊天，難得包場，大家氣氛都變得很High，吃了超過兩小時，一路吃到三點，所有人均意猶未盡，一直依依不捨——但是，絕大部分都不是正港的去死團，今天可是情人節，不可能續攤。

「下次見下次見！」大家相互寒暄著，「下次搞不好先在溫展禾的婚禮上見！」

「哇真的假的！先恭喜！」

「祝你求婚成功啦！」

一人一句，說得溫展禾略微尷尬，他也都沒正面回答，只能跟大家一一擊掌。

「江心瑜呢？」雲鵲突然開口，「什麼時候會有好消息？」

雲鵲！江心瑜倒抽一口氣，她幹嘛故意啦！明知道她的男友是虛擬的還問。

「有消息會跟大家說的！」她也只能這樣說。

「好了好了！你們這些人不要結婚了，就搖身一變成逼婚者了！好不容易大學聚會又來逼婚！」大牛忍不住出聲，「謝謝大家參加去死團聚會，明年七夕見啊！」

江心瑜也跟大家道別，假裝要去跟男友約會，各自散開……她當然是要回家打包，搬家在即，有時間便開始整理比較好！

溫展禾說要往東區去，一票人都往捷運前進，只是在臨上車前，溫展禾接到了一通電話，所以先跟大家道別，江心瑜朝他揮揮手，車子離去，看著他越來越小；捷運一走，後頭的椅子上就站起了雲鵲。

溫展禾回頭看著走來的她，有點好奇。「什麼事這麼秘密？連心瑜都瞞？」

「因為我想問你對江心瑜的感覺？」一點兒拐彎抹角都沒有，雲鵲問得世紀直接！

喝！溫展禾當場愣在原地，被這問題殺了個措手不及。

「我我我我……不是，妳你妳妳為什麼問問問問我這這個？」他好容易才擠出問句。

雲鵲微張嘴，哦～的一聲，瞭然於胸。「我就知道！」

「知道什麼？」他緊張地左顧右盼，還有同學沒走吧？「妳不要太大聲啊！妳問這個太太太奇怪了吧？怎麼突然……」

「就想確定而已，我覺得你對她的想法應該不只是朋友，現在可以確定了。」雲鵲劃滿微笑，得意得很。「奇怪了，為什麼不跟她說呢？你們在一起工作兩年了耶！」

溫展禾望著雲鵲，心情激動得難以言明，欲言又止，抓了抓頭髮，有點不知道從何說起。

終於，他冷靜下來才難為情地開口。

「我也是兩年前才發現我喜歡她的，就那間小火鍋店，妳跟我說的記得嗎？」試探性地詢問，雲鵲點點頭。「那時我才意識到我的心情，但我怎麼開口？我們朋友當了這麼久，她那時又剛失戀……」

「所以你確定喜歡她，但你女朋友又是怎麼回事？」雲鵲不停搖頭，這兩個人喜歡著彼此，然後都各自繼續跟別人交往。

「我沒有女友啦！妳該不會說小曼吧？當時只交往一個月就分手了，但我沒讓江心瑜知道！她也有男友，這樣子大家都會自然很多。」溫展禾搔了搔頭，「每天跟她在一起，我哪可能再去喜歡別的女生？」

雲鵲覺得頭痛了，「那幹嘛不告白？追啊！」

「我不是她喜歡的類型啊！」溫展禾也急了，「就不是她的菜，我就只要當朋友就好了！」

天哪！雲鵲要暈了。「靠夭，你們兩個是有病嗎？居然都認定對方不喜歡自己？」

「我們兩個？」溫展禾聽出了端倪，「妳這話什麼意思？」

「我跟你說，她要離職了，也打算搬到高雄去，跟你拉開距離。」雲鵲懶得廢話，「你再不好好行動，以後就會回到每年只有七夕才見面的日子，甚至她搞不好以後連聚會都不會參加了。」

離職！這句話如晴天霹靂，溫展禾一時瞪圓了眼，不敢置信。

「什麼離職？她好好地離什麼職，而且為什麼要搬家，她沒跟我說啊！要跟我拉開距離是因為我？」一連串的追問裡透露著驚慌，雲鵲相當滿意這樣子的反應，接著她視線掠過溫展禾向後看，發現了其實一直站在那兒的人。

「人生有幾個七夕？」副社長突然出現，走了過來。「為什麼你們可以拖這麼久還沒在一起啊？之前每年才見一面，我還以為你們要演牛郎織女咧，居然一拖拖到現在！」

「是不是！」雲鵲即刻指向副社長，「副社你也看出來了對吧！我就覺得他們之間有什麼！」

溫展禾吃驚地看向副社長，一時間面紅耳赤。「我跟江小瑜之間……」

「我覺得大三時你就很喜歡她了啊！」副社長說得理所當然，「化學反應是肯定有的。」

「大三？沒、沒有！我跟她就是同學……你們兩個怎麼會提這麼久的事！」溫展禾連忙否認，「我真的是兩年前才──」

「你幫她拍的那張照片，全表現在裡面了。」副社長打斷他的話。

幫她拍的那張照片？溫展禾愣住，他是指那張社團一起去登山時，大家談笑間拍下的，那張的江心瑜笑得令人心曠神怡，給人如沐春風的舒爽感，他覺得美，太美了！他還裱了框送給她。

那張是他拍的，回去整理照片後，發現江心瑜的照片佔了絕大多數……那是因為他們是好朋友，而且他覺得江心瑜怎麼拍都好看，尤其是笑起來的時候，會讓他也不自覺地跟著笑。

當時在社團時，他天天帶著相機，總愛偷拍江心瑜……因為透過鏡頭，可以肆無忌憚地看著江心瑜，拍下令人心動的瞬間。

但他不知道，那是愛情萌芽的初始。

「再不去，下個七夕說不定連見都沒得見嘍。」雲鵲突然一擊他的背部，還在發呆！

「你真的甘願，每年就只見一次面嗎？」副社長倒是從容，幽幽問著：「最後看著她跟別人在一起？」

不可以！以前或許還沒什麼感覺，但現在他們已經相處兩年，江心瑜怎麼可以莫名其妙說走就走，還搬到這麼遠又不告訴他？

地上紅燈亮起，列車進站的音樂跟著響起。

「妳剛說她搬走是因為我，為什麼？」他不忘再追問雲鵲，「什麼叫做『我們以為對方不是彼此的菜』？」

雲鵲挑了眉，溫展禾身後的車子停了下來。

「你自己去問她啊。」

嘖！溫展禾轉過身，腦子裡一片混亂，趕緊奔入車廂內！他站在門口看著對他豎起大拇指代表加油的朋友們，心都要跳到喉嚨口了。

江心瑜想離開他，不想跟他一起工作，逃離這一切——該不會是因為以為他要結婚了吧？什麼樣的情況下，會採取這種逃避方式？

他覺得自己不是她喜歡的類型，江心瑜也這麼認為嗎？所以他們誰都沒有往前一步，單站在屬於朋友那個角色，從過去滿心期待七夕的到來，直到期待每天到公司就能看見她。

那天晚上的茶水間，不是他欺身向下的話，難道是她也湊上前了？

他該不會不是單戀吧！

叮——刺耳的電鈴聲急促，正在裝箱的江心瑜愣在原處，她手上捧著一落咖啡盤，不明白這時突然來訪的人會是誰，她沒訂貨啊！

她們這棟公寓樓下只有管制門沒有管理員，要上來其實並不難，只要跟著其他住戶很容易就能進來。

「您好，請問哪位？」她直接拿起對講機，好看清楚外面的——溫展禾？溫展禾！

江心瑜傻在當場，他為什麼在她家外面！不不，他為什麼知道她家在幾號幾樓！最多就只知道哪一棟而已不是嗎？

『開門，**江心瑜！**』溫展禾瞪著鏡頭喊話，『**妳給我解釋一下離職的事！**』

啊！雲鵲！妳怎麼可以告訴他啊！江心瑜內心吶喊尖叫。

「溫展禾，我是有原因的……」江心瑜拿著話筒敲自己的頭，雲鵲妳怎麼這樣啦！

『**開門！**』溫展禾指著門，跟著傳來急促敲著木門的聲音。

溫展禾聲音超大，她住的是密集套房租屋，就怕影響到其他人，趕緊將木門打開一小縫。

「你小聲點，等我一下，我們出去說。」她無奈地嘆口氣。

「在妳家說就好了，何必出去？」溫展禾大手一伸，直接扣住木門門緣，跟著要推門而入咦？不行！江心瑜嚇到了，伸手抵著他。「不行不行，我家現在很亂，我我我男友在我家——」

溫展禾輕鬆地直接推開木門，一閃身就進入了玄關，江心瑜嚇得僵在原地，腦子一片混亂。

地上擺了幾口箱子，她早就開始預先裝箱，先把非日常用品放進去。封箱堆在角落裡，溫展禾看著那些箱子，回頭瞄向她。「妳剛剛還說要跟男友去天母吃飯咧，我看這樣子……妳應該根本沒有要過情人節吧？」

啊啊啊！她緊閉起雙眼在內心尖叫著：吳雲鵲，我真的會被妳害慘！

江心瑜咬著牙將木門關上，她不希望這些對話吵到鄰居，鄭重地關上門。

「我可以跟你解……」才回頭，人卻已經不見了！

不會吧！她跳了起來，這傢伙為什麼可以隨便在她家走動啊，要是到她房間的話就不得了！

江心瑜直接衝向房間，她就一個人住，房間沒有在關門的……而她的房間裡，貼著滿牆的照片！

他的照片啊！

沒滑幾步就看見男人的身影站在她房門口，啊啊啊啊！江心瑜多想歇斯底里地尖叫，但她愣是一個字都喊不出來，到底為什麼會變成這樣！

溫展禾看著房間牆上掛著的照片，床頭上方是他當年送她的那幀，而其他幾乎都是他的照片。

有一條線上掛一串的，也有幾張還是用精緻的相框裱起的，而且這些照片……他沒有看過！那張最大的是兩年前社聚時拍的，旁邊那張他不知道，牆面那串像明信片的照片裡，似乎是……他有時去拍攝現場時拍下的？

每一張照片都非常自然，他不是在說話就是在看著什麼，老實說，他自己長得還挺帥的耶！

「我再猜一個，」他轉過身，「男朋友根本是假的對吧？」

在看見房間照片的瞬間，他把副社跟雲鵲的話全部都融會貫通了！

江心瑜說不出話，她緊張到不知所措僵硬地站在原地，帶著通紅的臉，她該跑的……她現在應該要立刻馬上逃離自己家，然後然後……她不知道，因為她動不了！

最好有哪個男友能接受女友的房裡，掛著別的男人的照片啦！喔喔，櫃子上還有他們的合照耶，溫展禾突然驕傲地笑了起來，轉過身大方地走向她。

「那我也沒有女朋友，我騙妳的，妳見完小曼後沒有一個月我們就分手了。」他站在她面前，發現江心瑜好像連呼吸都困難了。「這兩年我身邊完全沒有人，也不可能有什麼情人節求婚。」

分手了？江心瑜驚愕地抬頭看向他，根本沒有女朋友……難怪總是這麼放心讓他加班，一副全然信任的樣子，原來是根本沒有女友？

「那為什麼要一直假裝有女友的樣子，每次加班時都裝模作樣……」

「一樣的問題反問妳，還遠距離戀愛？」溫展禾又逼近了她一步，江心瑜嚇得縮了身子，卻立即被拉住身子往前一勾。「要結婚了？所以妳要搬去高雄？」

「呀……」她嚇了一跳，怎麼突然就被摟住，一雙手不知道該放到哪邊地貼著他身子。「溫……溫溫溫展禾！」

雲鵲連她想好的藉口都說了！她怎麼能這樣……啊，上捷運前的那通電話，是她打給溫展禾的嗎？

「我一直覺得妳不喜歡我，我並不是妳喜歡的類型，所以想著當朋友就好了。」他邊說，一邊用雙手將她緊扣在懷中。「妳怎麼說？」

「咦……不是我喜歡的類型？」

「事業有成、成熟穩重，又得比妳大很多歲，還要給妳滿滿的安全感——」

溫展禾至今還記得那些條件，「至少要能讓妳想要勾勒未來。」

「……上次有這個條件的人有一堆炮友。」江心瑜知道他在講誰，「不能說是我的類型，只是那時我交往的人是他……」

「所以我是妳的類型嗎？」

溫展禾猛然低頭，湊近江心瑜，她嚇得倒抽一口氣，想逃卻被他圈得死緊，掙脫不開……心跳飆升，她羞得不敢看他，卻發現隨便一抬眼，都能瞧見那張令她迷戀的臉孔。

「我……我……」事到如今，問什麼啊！她羞得無地自容、無從解釋啊！

「妳是我的類型，我喜歡妳，江心瑜。」額頭輕輕靠上她的，江心瑜覺得要窒息了。「兩年前那個情人節，我發現自己的心情，但副社說……我可能在學校時就喜歡妳了。」

什麼？江心瑜縮著身子，他們的鼻尖輕輕摩娑著，剛剛溫展禾有在說話嗎？他說的是中文嗎？她好像沒聽清楚，是不是請他再說一……

吻輕輕地降臨，他溫柔地咬住她的唇瓣，江心瑜全身都覺得虛脫似的，任他緊緊擁著，動情地回吻著那個她其實肖想很久的唇……柔軟、酥麻，她的世界彷彿在旋轉，卻美妙得難以言喻。

小說裡寫的世界靜止一點都不假，她只感受得到溫展禾，他的吻他的氣息他的臂彎他的胸膛，世界只剩下他們兩個，再無其他。

溫展禾極為珍惜地吻著懷裡的女孩，扣掉那夜茶水間的擁抱後，他終於得以將女孩正式擁入懷中，吻著她的唇、她的臉，她的頭髮如同想像的細，臉頰超粉嫩。

江心瑜覺得自己現在才想起換氣似的，仰頭看著溫展禾。

「你，其實是我喜歡的……類型。」她說得很羞赧，一直都是。「但你的女友都不是我這型的……」

「像妳的我才不喜歡，要就要妳本人。」溫展禾倏地用力緊緊抱著她，「我喜歡妳！江心瑜！」

「啊！」突然被緊抱住的江心瑜受寵若驚般的細叫，她快不能呼吸了啦。「太用力了……」

溫展禾笑著鬆開她，改成拉住她的手，兩個人突然回到大學時一樣，相望都羞赧，拉著手在那邊晃呀晃的。

「妳呢？」他還是想聽到明確的答案。

江心瑜都不敢看他了，滿臉通紅卻止不住幸福喜悅的笑容。「我也非常、非常地喜歡你！」

終於！

兩小時後，去死團的 Line 群組裡傳出了自拍照，溫展禾與江心瑜對著鏡頭自拍，彼此的手指拼成一個愛心。

『我們在一起了。』

正在逛街的大牛看著手機會心一笑，弘中逕自哎呀了聲，副社長抱著雙胞胎孩子，對著身邊的三次元妻子說著：「拖更拖到現在啦！」

總算啊，雲鵲婀娜地站在路邊，笑望著手機，這樣明年去死團的聚會，他們還能不能參加啊？到底是算攜伴？還是算當天單身呢？

不過這對還沒交往就跟牛郎織女一樣，每年七夕才見面的情人們還沒想到那兒，他們正享受著兩人甜蜜，坐在江心瑜的陽台上，幸福的肩並著肩，聊著這些年的錯過與「巧遇」，以及溫展禾每次情人節都被甩的真相。

江心瑜聽了只覺得內心狂喜，從未想過她不是單戀！幸好兜兜轉轉，他們還是在一起了，這得要感謝雲鵲耶！

否則，只怕她就真的離職搬家，再度回到七夕才能相見的過往了。

「所以這是我們第三個情人節耶！」江心瑜嬌俏地說著，去年即使在同間公司，但因為彼此的「虛擬對象」他們並沒有一起過。

「才不，沒交往都不算！」溫展禾拉過了她的手，「這才是我們的第一個情人節。」

她甜蜜地偎上他肩頭，看著天空的月亮，七夕的月亮只有一半，像極了他們整日都笑彎的眉眼。

終於，牛郎織女最終走在一起，下了那座鵲橋，未來將不會只有七夕相見了。

ESC
F1
F2
F3
Tab
Q
W
Capslock
A
S
Shift
Z
Ctrl
X
Alt

七月七日晴

／ 晨羽

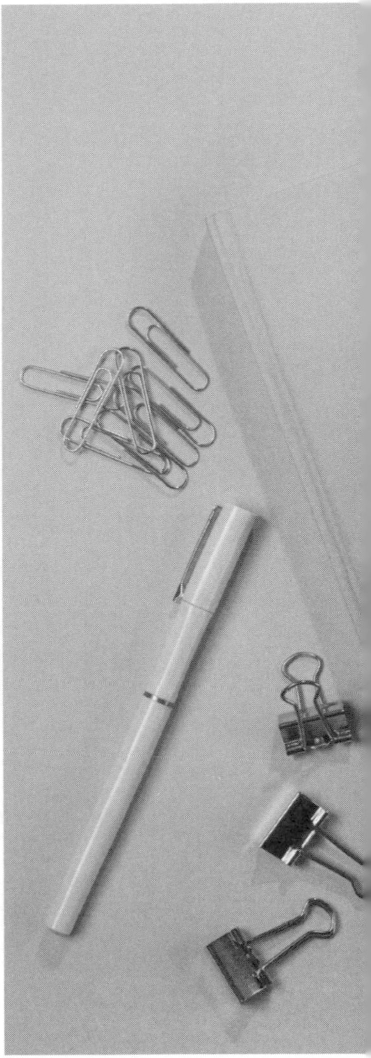

這是趙熙芸第一次在大庭廣眾下被人賞耳光。

「妳這個綠茶婊。不要臉，去死吧！」

田莫嵐歇斯底里朝她爆出怒吼，就推開百貨公司的大門跑出去。

即使被旁人行注目禮，趙熙芸仍面不改色整理好儀容，透過玻璃窗的倒映確定被抓亂的頭髮已經恢復原狀，才走到電梯門前。

身旁的一對國中生情侶，不時朝她左臉頰的紅手印偷覷，趙熙芸不以為意，還從包包裡取出不久前在Ｂ1書店買的兩張壓花書籤，遞到二人面前。

「這個送你們好嗎？」她微微一笑，「情人節快樂。」

女學生看見那對美麗書籤，雙眼明顯發亮，卻又不敢真的收下，最後趙熙芸的友善笑容還是消弭他們的戒心，男生伸手接過禮物，跟她道謝。

之後趙熙芸先步出電梯，聽見女學生興奮地對男友說：「超幸運，我一直想要這個書籤！」不禁又翹起了唇角。

在八樓的咖啡廳工作到一半，對面的椅子被拉開，戴玲玲突然現身。

「嚇我一跳，妳怎麼在這裡？」趙熙芸驚喜地闔上筆電。

「我才被妳嚇一跳，中午睡醒就看到妳傳來『我被莫嵐打了』這句話，打給妳也不接，所幸我知道妳週末都會到這家咖啡廳工作，就來碰碰運氣。」

「抱歉抱歉，我丟訊息給妳後，我約的人剛好到。一不小心就習慣性地將手機設成靜音，後來忘記改回來！」趙熙芸連忙賠不是，將手機的靜音模式取消。

「妳約了誰？男的？」

「是我現在合作的女編輯，我們今天約在這談事情。」

「什麼嘛，真無聊。」戴玲玲一坐下，就跟店員點了杯冰拿鐵。「但田莫嵐怎麼會跑來打妳？難不成她男友為了妳跟她分手了？」

「莫嵐看到她男友約我見面的訊息，她來找我的路上，她男友也聯絡我，說他跟莫嵐已經分手，又約了我一次，我直接封鎖他。」

「哈哈哈，這兩人是在搞笑嗎？她男友是故意挑這天分手的吧？我真想親眼瞧瞧田莫嵐暴跳如雷的樣子。不過我也真佩服妳，那麼自私又刁蠻的女人，妳居然能容忍她到現在。」

「我其實挺欣賞她的自私，覺得若能像她這樣，人生可以輕鬆點。」

「又在說些奇怪的話了。」戴玲玲舉起桌上的水杯，跟趙熙芸的對碰。「總之還是恭喜妳擺脫那女人，不可以跟她和好，知道嗎？」

「她也不可能跟我和好了。」被她嚴厲一瞪，趙熙芸失笑。「知道了，不會和好。」

「這才乖。」戴玲玲喝了一大口剛送來的冰拿鐵，隨即想到。「對了，妳被田莫嵐打的事，我也跟絮光說了。」

「什麼？」趙熙芸才說完，就看見兩道熟悉身影出現在店門口，那對男女一發現她們，馬上跑了進來。

「熙芸姊，聽說妳被莫嵐姊打了，妳有沒有怎樣？」梁絮光心急如焚地關心。

趙熙芸瞥向戴玲玲，對方擺出「誰叫妳要把手機調靜音」的無辜表情，別過了頭。

突然多出幾個人，趙熙芸讓服務生幫他們換到大一點的座位，再請梁絮光跟她男友喝飲料，為自己闖出的麻煩表示歉意。

「事情就是這樣，抱歉害你們擔心了，不過沒想到絮光妳也知道我在這兒。」

「是壹瞬說妳可能在這裡，他有聽玲玲姊說過妳週末會來這裡工作的事。」梁絮光莞爾。

「真不好意思，壹瞬，打擾你跟絮光的約會。」趙熙芸馬上對她身旁的大男孩說。

「不會啦，反正我們現在也沒事。倒是某人才該教訓，知道妳平安，也不會想到馬上通知我們，害我們乾著急。」他意有所指。

「戴壹瞬，你是在說我嗎？」戴玲玲瞪目。

「不然咧？我又沒有說錯。」

「你這小鬼，這是跟姊姊說話的態度嗎？」

這對姊弟一鬥嘴就沒完沒了，趙熙芸這時又從包包裡取出一本書，交給對面的女孩。「絮光，這是下週要出版的新書，是我翻譯的第一本書。剛才從我編輯那裡先拿到了，我想送給妳。」

「好厲害，恭喜熙芸姊！」愛書成癡的梁絮光又驚又喜，接過書後，語氣又透出一絲擔憂。「妳真的……沒事嗎？」

「沒事，我不難過。」

這是真心話。

跟田莫嵐決裂，她沒有悲傷，只是覺得有點無奈。

她跟田莫嵐國中就認識，小她們一歲的梁絮光跟她們情同姊妹。高中時發生的一些事，讓梁絮光認識了她現在的男朋友，卻也從此跟田莫嵐漸行漸遠，最後不再往來。

得知梁絮光跟戴壹瞬交往順利，田莫嵐至今還會故意冷嘲熱諷幾句，怕梁絮光聽了會難過，趙熙芸始終沒讓這些話傳進她耳裡。

幾個月前，田莫嵐介紹自己的男友給她認識，對方卻在跟趙熙芸變熟後，開始傳曖昧訊息給她。趙熙芸知道田莫嵐不是會理智處理這種事的人，因此沒有告訴她，選擇冷處理，終究田莫嵐還是發現了。她果然完全不聽趙熙芸的解釋，直接跑來對她又打又罵。

十年的友誼，僅花十分鐘就宣告結束。

「就是呀，有什麼好難過的？明明是她男人的問題，田莫嵐卻只怪熙芸，根本沒必要為她傷心。我反而氣妳熙芸姊竟乖乖任她打，乾脆我來幫忙教訓她！」戴玲玲猶不解氣。

「妳少雞婆了啦。」戴壹瞬皺眉。

「我為什麼不能雞婆？熙芸是我的好姊妹耶。而且我若沒雞婆，你跟絮光——」

趙熙芸及時在桌下踢戴玲玲一腳，制止她說出後面的話。「不用管我的事了，你們兩個今天有什麼特別的行程嗎？」

「晚上大稻埕有七夕煙火秀，我們要去看，熙芸姊也去吧？」梁絮光積極邀約。

「但我想待在家裡，你們找玲玲好了。」

「不要，我討厭人擠人，我要在家追劇。」

「妳是覺得當電燈泡很淒涼吧？畢竟妳男友臨時加班，沒空陪妳。」男孩壞笑。

「戴壹瞬！」

戴玲玲氣得跑去對弟弟鎖喉攻擊。

四人一離開百貨公司，趙熙芸小聲對戴玲玲說：「妳剛才在幹嘛？妳是想對妳弟說出那件事嗎？」

「沒有啦，我一時衝動，不小心就衝口而出。誰叫這小鬼越來越欠揍了。要不是我們，他現在哪可能跟絮光甜蜜蜜地過情人節。哼。」她對弟弟的背影忿忿嘀咕。

「這就是壹瞬可愛的地方，而且他真的很珍惜絮光。」趙熙芸看著前方手牽手的二人，露出微笑。

「那當然，我弟嘴巴雖壞，骨子裡卻是很專情的。」罵歸罵，戴玲玲還是驕傲的認同弟弟，接著把話題轉到她身上。「說到情人節，妳今天除了見妳編輯，真的就沒有別的行程？」

「真的呀，為什麼這麼問我？」見好友遲疑，趙熙芸用手肘推她。「幹嘛扭扭捏捏?說呀。」

「好吧，其實上週去妳家，我看見妳把手帳擺在書桌上，沒有闔起來。我其實很早就發現妳喜歡把手帳裡的月行事曆寫得滿滿的，哪怕沒事做的日子，妳也會寫上『今天沒事』這樣的字句。而且就算今天才一號，妳也會在當天就把三十一號的預定計畫都寫上去，總之妳絕不會讓當月的行事曆出現空白格。可是那天，我看妳將八月份的行事曆都填完了，唯獨這一天卻是空白的，今天又正好是七夕，我便以為妳有桃花了。妳唯獨這天什麼也不寫，反而讓我覺得這一天對妳很重要。」

「哇，妳真敏銳，而且也猜中一半。我沒有桃花，我是我為了我姊才把七夕這天空下來，沒想到妳會發現。」

「妳有姊姊?」她意外。

「嗯，連莫嵐跟絮光都不知道。」

「為什麼?是故意隱瞞的嗎?」

「也不是，只是覺得沒必要說出來。我姊在我小學六年級時過世，當時我還不認識她們。」

「妳姊是怎麼過世的?」

「自殺。她在十八歲那年的七夕，從我老家的八樓陽台跳下去。我會習慣一口氣把行事曆都寫滿，就是受到我姊的影響。在我開始寫手帳後，每年都會把七夕那天空下來。」

「原來是這樣。抱歉，勾起妳傷心的回憶。」戴玲玲有些過意不去。

「不用介意啦。我雖然是因為我姊才這麼做，但七夕這日子對我而言，不是只有難過的回憶，也有美好的。」

「哦？比如？」

「比如我姊自殺後，我從她的手帳裡發現到她的秘密，我姊生前一直暗戀她學校的某個男老師，她會選在七夕那一天自殺，似乎就是對方的關係，後來我就決定去我姊就讀的高中，因為我想知道那個老師是怎樣的人？也想確認他是否知道我姊的心意？沒想到，這位老師最後也變成影響我很深的人……像我現在能成為日文書的譯者，就是他的關係。」

看著好友現在的表情，趙熙芸又笑。「看來妳對這故事很感興趣。」

「妳都說到這種程度了，我怎麼可能不好奇？能不能跟我多說一點？」戴玲玲兩眼發亮。

「可以是可以，但妳不是要回家追劇嗎？」

「那不重要，我接下來的時間都是妳的。就算我男友現在說取消加班，我也不理他，我們直接回妳家吧。」

跟前方的戴壹瞬及梁絮光說一聲，戴玲玲就迫不及待跟著趙熙芸回到租屋處。

□

她其實沒想到自己會答應跟戴玲玲說起這段往事，她曾以為這會是她和那個人永遠的秘密。

只要想起姊姊趙依蓁，趙熙芸就會跟著想起父母永無止境的責罵聲。從小父母就對她們的課業成績十分要求，趙依蓁不像妹妹那樣擅長念書，幾乎天天都會挨罵。

大學指考放榜那天，趙依蓁的成績讓父母絕望不已，在盛怒之下要她滾出家門，最後趙依蓁真的離開了，卻是在七夕那日的中午，從自家的陽台上離開的。

那是讓趙熙芸永生難忘的一個大晴天。

趙依蓁去世後，趙熙芸在自己的枕頭底下發現姊姊生前使用的手帳，猜到這是姊姊在跳樓的那天留給她的，她馬上翻開手帳，發現生活單純的趙依蓁，每個月的行事曆卻都填得滿滿的，趙熙芸當下看不出那些文字藏有什麼訊息，直到她翻到姊姊寫在Memo頁的兩段話。

七月七日。晴。

七月七，日晴。

第二句讓趙熙芸一頭霧水，不懂姊姊怎麼會把逗號放在這麼奇怪的位置。最後她在手帳的封面夾層裡，找到一張男人的照片。

鏡頭只拍到側面，無法清楚辨識長相。那人站在陽光下，背景看起來像是在校園裡。

趙熙芸拿著照片去問一位住在同社區，跟趙依蓁同校的哥哥，得知這個男人是他們學校的數學老師。

而他的名字是潘日晴。

發現姊姊以逗號隔出的那句「日晴」，極可能就是寫他，趙熙芸便強烈懷疑趙依蓁的死跟潘日晴有關，而且趙依蓁跳樓那天，正好是農曆七月七日，她很難相信這只是巧合。

趙熙芸相信趙依蓁會決定把手帳交給她，就是不想讓父母知道，因此她只能將這個巨大秘密藏在心底。

這件事帶給趙熙芸的影響比她想像中要大。上國中後，她開始學趙依蓁使用手帳，也學她寫行事曆的方法；知道趙依蓁生前對日文有興趣，曾瞞著父母買日語學習書回家，趙熙芸也跟著自學日文，兩年後就拿到日文檢定N1。

趙熙芸的父母希望她報考明星高中，她卻堅持跟姊姊讀同一所學校。怕她會步上大女兒的後塵，二人最後選擇了退讓。

而那幾年間，過去趙熙芸還不明白的事，如今也都明白了。趙依蓁在手帳裡寫下的那段文字，以及細心保存的那張照片，都證明她喜歡著潘日晴。

但是潘日晴知道嗎？他跟趙依蓁是否真有發生過什麼事？

渴望得到答案的趙熙芸，終於在高一的夏天見到那個男人，對方正好是他們班級的數學老師。

三十三歲的潘日晴本人不高不矮、不胖不瘦，長得也不算俊俏，但屬於越看越順眼的那一型，而且講課的聲音也挺好聽，在女學生間頗受好評。

但課堂之外的他並不多話，跟學生的關係既不疏遠亦不親近，有種若有似無的神秘感，因此三個月過去，趙熙芸仍猜不透他是怎樣的一個人。

潘日晴不像大多數老師會對成績優異的學生特別照顧，他對第一名跟最後一名的態度都是一樣的，排名全校前三名的趙熙芸，後來也放棄以這種方式引起男人的注意。

某天的數學課，潘日晴教到一個段落，就讓學生們寫教科書上的習題。

趙熙芸寫完後，發現大部分同學都還在作答，便拿出手帳，修改今天的計畫跟行程。改到一半，她從眼角餘光中，發現潘日晴從後方走來時，似乎在她的座位旁稍稍停留了一下。

她抬起頭，潘日晴正好越過她，開口叫前座的同學上台答題。

隔天班長請病假沒來上學，趙熙芸是副班長，就由她將早自習考的數學考卷收回交給潘日晴。

「可不可以問妳一個問題？」潘日晴接過考卷後，突然對她這麼開口，讓趙熙芸有點意外。

「可以，是什麼問題？」她有禮地說。

「昨天我看見妳在寫手帳，發現妳把這個月的行事曆全寫得滿滿的，連睡午覺、裝開水這樣的瑣碎小事也都寫上去。我能不能問這是為什麼？」

「沒有為什麼，這只是我個人的習慣。」趙熙芸在男人的注視下維持鎮定，

「老師覺得這樣寫很奇怪嗎？」

「倒還好，只是我曾經看過別的女學生也會像妳這樣子寫行事曆，才會感到好奇。」

趙熙芸壓下心中激盪，「您知道那位女學生是誰嗎？」

「不知道，那女生不是我教過的學生。我幾年前撿過她不小心掉在地上的手帳，注意到她寫行事曆的方式非常特別，是這一點讓我留下了印象。」

趙熙芸心中震驚。

潘日晴沒有教過趙依蓁？也就是說，他們過去其實沒交集？潘日晴甚至根本就不認識她？

「老師有跟那女生說過話嗎？」

「沒有，幫她撿手帳那天，是我第一次見到她，也是最後一次。幾個月後，她發生一件事。我當時看到她的照片，有認出她來。」

「她發生什麼事？」

潘日晴突然沒有回答，直接結束這個話題。「沒什麼，抱歉突然問妳這些，妳可以回——」

「她是不是自殺了？」

潘日晴瞬間停頓，眼底閃過清晰的愕然。

「妳怎麼知道？」

「因為那個女學生是我的姊姊，她的名字是趙依蓁。」

她直視著男人的眼睛回答。

□

「熙芸，我問妳，妳是不是有在注意潘日晴？」

數學課結束後，田莫嵐走到她的身邊，冷不防丟出這麼一句話。

「什麼意思？」

「我發現妳剛剛一直盯著他看。」

「他在上課，我當然會看他，不然我要看誰？」

「不是啦，我就是覺得妳怪怪的。妳看他的方式，不太像是在聽課。該不會……妳對潘日晴有興趣？」她笑嘻嘻。

「我對潘老師能有什麼興趣？」

「真的沒有？」

「當然呀。」

「哦，好吧。」看見她正在做的事，田莫嵐又嘆一口氣。「又在寫這個，妳一直把這本日文小說翻成中文，到底有什麼好玩？妳對翻譯有興趣哦？」

「我只是在打發時間，順便換個心情。」她將左手邊的文庫本翻到下一頁，邊讀內容邊快速翻轉思緒，將想出來的句子寫在筆記本上。

「那妳怎麼不乾脆去算數學？妳這樣翻也不確定有沒有翻對。改算數學的話，至少還能去問潘日晴妳算得正不正確。」她故意哪壺不開提哪壺。

「田莫嵐。」趙熙芸用眼神示意她別再亂開玩笑。

「哈哈哈，好啦不鬧妳。不過妳現在的樣子，簡直跟沉迷在小說裡的絮光沒兩樣，好像走火入魔了，妳可別變得像她那樣誇張！」

田莫嵐的第六感有時挺敏銳的，最討厭數學的她，在下次的數學課結束後，竟拿著考卷積極地向潘日晴請教問題；得知有哪個女學生在喜歡潘日晴，田莫嵐也會來跟她說，一路觀察她的反應。

田莫嵐一旦有了懷疑，就會想辦法證明自己是對的這種個性，趙熙芸並不討厭，現在看來卻有點麻煩，她只能讓自己完全不受影響，以免又被誤解。

幾天後的體育課，趙熙芸因為生理痛而留在教室裡休息。

等到下腹的疼痛稍微緩減，她就從抽屜拿出文庫本跟筆記本。

不久有人喚了她的名字。

「妳怎麼了？」

路過教室的潘日晴從窗外看著她，身後的燦燦陽光，將他的身影鍍上一層金邊。

她有點意外地回道：「這堂是體育課。但我不太舒服，留在教室裡休息。」

原以為潘日晴接著就會離開，沒想到他竟從後門走了進來。

他直接在她前面的第二個座位坐下，轉身將臉面向她。

趙熙芸的愕然大過不知所措，忍不住問：「老師，你在做什麼？」

「我想確認上次在導師室跟妳說的那些話，是不是有傷到妳？如果有，老師跟妳道歉。」他這麼回。

即使現在是上課時間，走廊上仍隨時會有人經過。若有學生撞見這幕景象，一定會招來誤會。奇怪的是，潘日晴的反應不像是不清楚其嚴重性，而是根本就不在意。

趙熙芸不由得想，潘日晴似乎是比她想像中還要更大膽的人。

「老師那天沒說錯任何話，為什麼要跟我道歉？」

「我知道，但我就是感覺自己那天有傷到妳，才來跟妳確認。若我那時說的話有讓妳感覺到任何一點點的不舒服，可以告訴我。老師無意讓妳難過。」

莫非他從那日起就在意到現在？

不知是被對方這樣單刀直入地詢問，還是被他那樣直勾勾地看著，趙熙芸發現自己竟語塞，無法即刻回答。

明明不曾表露出來，為何這個人卻像是真的察覺到了什麼，而且連道歉的準備都做好了？

「老師能不能回答我一個問題？」這句話自動從她嘴裡說了出來。

「什麼問題？」

「七月七日這個日子，跟你有什麼關係嗎？」

潘日晴停了一下，「七月七日是我農曆生日。」

趙熙芸這才發現自己變得有多失常。

她直接在潘日晴面前掉下眼淚，一發不可收拾。

她一直懷疑潘日晴才是真正促使姊姊自殺的人，然而最後得到的真相，是趙依蓁本來就打算結束生命，潘日晴只是讓她決定在七夕那日行動的原因。

趙熙芸不得不猜想，姊姊是不是因為沒有接近潘日晴的勇氣，或是知道自己跟潘日晴不會有結果，才會選在與對方有關，又剛好是七夕情人節的日子，做出這種悲壯的決定？

若真是如此，那她選擇讓妹妹知道這件事的動機又是什麼？是單純想跟她分享這個秘密，還是希望妹妹有一天可以讓潘日晴知道她的真心？

一想到姊姊用自己的忌日，讓自己與潘日晴之間存在著關聯，趙熙芸就突然無法再控制住自己的情緒。在此之前，她只能用翻譯日文文章的方式來轉移自己的注意力，壓抑對趙依蓁的怒氣和悲傷，如今她卻想問問姊姊，既然有勇氣跳樓，為何就沒勇氣讓潘日晴注意到自己？甚至還將這些訊息透露給她，讓她這幾年都活在這片陰影裡。

膽小鬼。

趙熙芸逼自己迅速收回好情緒，卻尷尬到一度不敢再看潘日晴的臉，她把淚水擦乾，用鼻音說出最彆扭的謊。「抱歉，老師，我不舒服，所以有點情緒不穩。」

「妳要我先離開嗎？」他的神情就跟剛才一樣沒有變化。

見對方依舊直接，她也不想再裝，現在她真的需要一個人靜一靜。

「如果可以的話……」

「好。」

潘日晴答完就起身，快步離開教室，儘管表面上看不出來，趙熙芸仍相信自己把他嚇到了。

本來希望事情能夠就這麼過去，但情緒一釋放，當晚她就無預警發了高燒，整整兩天都沒有去學校。

偏偏這兩天都有數學課，在她那樣失態之後，突然間就沒去上學，不知道潘日晴會怎麼想？趙熙芸越想越為那天的自己感到丟臉，恨不得可以繼續躲下去，如此一來就不需要面對潘日晴了。

但她還是在康復後乖乖回到學校，所幸返校當天是週五，而且沒有潘日晴的課，她可以稍微鬆一口氣。

然而田莫嵐卻在這一天對她投下了震撼彈。

她在早自習結束後把趙熙芸拉到走廊上，迫不及待地小聲問：「熙芸，昨天潘日晴有沒有打電話給妳？」

「潘老師為什麼要打電話給我？」趙熙芸滿臉問號，聽了田莫嵐興奮的語氣，心裡突然湧起不好的預感。

「嘻嘻，昨天上完數學課，潘日晴有來問我妳的情況。我感覺他很關心妳，所以就……」她笑到一雙眼睛都彎了起來。

趙熙芸倒抽一口氣，不敢置信的接腔。「所以妳把我的電話給他了？」

「答對了，但他沒向我要啦，是我把妳的手機號碼寫在紙條上硬塞給他。我一直在猜他會不會真的打給妳呢！」

「田莫嵐，妳怎麼這樣擅作主張！」趙熙芸不禁動怒了。

「妳別生氣嘛，先聽我解釋，平常班上誰請假沒來，也沒見潘日晴在意過，可是妳沒來，他就直接把我叫去問耶。我甚至發現，昨天他一進我們教室，第一眼似乎就是往妳座位的方向看。我真的覺得潘日晴對熙芸妳不太一樣，你們是不是真有什麼事，卻沒告訴我？」

「妳真的想太多了，妳幹嘛一定要懷疑我跟潘老師？」趙熙芸心虛否認。

「因為我怕妳確實有事瞞著我嘛。好吧，如果真的沒有，那妳有沒有考慮潘日晴？他其實很不錯呀，我也覺得你們挺相配的。」

「田莫嵐，妳知不知道妳在說什麼？」趙熙芸覺得她瘋了。

田莫嵐從眼神讀出她的想法，伸手往她的手臂一拍。「我沒有瘋，我是說真的。潘日晴雖然不算帥，但喜歡她的女生還不少，我從沒聽說他對哪個女學生特別好，熙芸妳在這點上就遠遠贏過她們了。我相信潘日晴一定有在注意妳，妳好好考慮嘛，我會幫妳的！」

她煞有介事地說了半天，趙熙芸終於聽出來，田莫嵐不過是覺得能夠征服這個冰山老師，是一件虛榮且有優越感的事，根本不是真的站在為她好的角度提供意見，於是不再浪費口舌，直接跟田莫嵐冷戰一天。

趙熙芸不曉得這件事為何會讓她如此焦慮。

明明潘日晴不一定真的會打給她，晚上她卻一直心神不寧，書也讀不下去，不管做什麼，眼睛總會不由自主往手機的方向飄去。

聽到 Line 的訊息提示音響起，她的心臟重重跳了一下，卻很快想起潘日晴並沒有她的 Line，這才放心地拿起手機。

梁絮光：熙芸姊，我聽莫嵐姊說妳們吵架了。妳還好嗎？

她嘆一口氣，動手回覆。

趙熙芸：我很好，我們沒吵架，只是在冷戰。妳明天有沒有空？

梁絮光：有空，怎麼了嗎？

趙熙芸：我想跟妳去逛書店，再一起去吃東西逛街。

梁絮光：當然沒問題，那就約在上次見的捷運站好嗎？我不會跟莫嵐姊說的。

最後一句話讓趙熙芸感受到女孩的貼心，心情稍微好了一點。明天跟梁絮光出去放鬆一下，或許就不會再胡思亂想。

一小時後，趙熙芸走出房間裝水喝，回來後隨手再拿起桌上的手機，發現有一封未讀簡訊，下意識就點開來，結果這一看就讓她停住了呼吸

趙熙芸，我是潘日晴老師。

我偶然知道了妳的電話，抱歉突然聯絡妳。

我有個問題想問妳，妳的姊姊是不是跟妳說過我的事？

這件事很重要，希望妳能回答我。

趙熙芸徹底呆住，全身僵硬地站在原地，不知如何是好。

潘日晴竟然真的跟她聯絡。

但更讓她驚訝跟不解的，是潘日晴為何會這麼問她？莫非他想起了什麼？還是他跟姊姊確實曾有過接觸，但他說謊了？又或者他只是從她之前的奇怪反應，意識到這樣的可能性？

不管答案是哪一個，都讓趙熙芸失了冷靜。她咬著下唇，盯著那通訊息，

遲遲做不了決定。

她大可以編個合理的理由搪塞過去，讓事情就此結束。可是她又擔心，萬一潘日晴真的對姊姊有印象，那該怎麼辦？而且要是她不回應，之後在學校，她就更不曉得怎麼面對他，要是他再像上次那樣直接進教室找她，被田莫嵐知道了，不知道又會演變成什麼狀況。

一陣天人交戰，趙熙芸終究無法下定決心，當天晚上也就沒有回覆那封訊息。

一夜未能闔眼，隔天跟梁絜光見面，趙熙芸奇差的氣色讓梁絜光嚇了一跳，以為她是因為田莫嵐才會這樣，事實上也的確是如此。

若不是田莫嵐雞婆，她現在也不會這麼煩惱。

「我第一次見到熙芸姊妳生氣。」

逛完書店，她們去到餐廳吃午飯，梁絜光不時注意趙熙芸的臉色。「莫嵐姊究竟做了什麼事，讓妳這麼不高興？」

要是她回答，田莫嵐打算湊合她跟學校的男老師，梁絜光不知道會露出什麼表情。想像女孩驚嚇到嘴巴張得開開的模樣，趙熙芸便忍俊不禁。

「她沒有告訴妳嗎？」

「沒有，她說這是妳們之間的秘密，不能告訴我。」女孩有點尷尬，眼底浮上一絲落寞。

趙熙芸安慰她，「妳不用太在意她的話，她應該是見我這次真的生氣了，才知道自己的行為有點太超過，無法對妳啟齒。而且，我現在也不是在煩惱她的事。」

「咦？那是什麼事？」

趙熙芸遲疑了一下，「假如絮光妳……有一件很想要去確認的事，可是妳又有點害怕面對確認過後的答案，這樣妳還是會選擇去確認嗎？」

梁絮光思考了很久很久才作出回覆。

「我也不確定，可能我要實際遇到，才能確定自己的想法。可是我一直覺得熙芸姊是個很勇敢的人，妳從不喜歡做會讓自己後悔的事情。」

這句話，就讓趙熙芸渾沌的思緒變得清明，煩惱也不可思議地消散了。她現在可以讓這些事都沒發生過，可一旦錯失這樣的機會，她就再也無法得到答案了。

等到這份恐懼消失，取而代之就會是後悔。

既然潘日晴主動開了口，她就不能像姊姊一樣選擇逃避。

「謝謝妳，絮光，還好我有問妳。」

「不會啦，可是我有幫到熙芸姊嗎？」她疑惑。

「當然有，雖然我沒辦法跟妳說我在煩惱什麼，但我問的問題，是我跟妳之間的秘密，所以不要告訴莫嵐喔。」她對女孩笑，梁絮光愣住，有些感動地點了下頭。

之後趁女孩去捷運站的洗手間，趙熙芸鼓起勇氣回傳簡訊給潘日晴，告訴他趙依蓁確實曾透露過他的事。

在回程的捷運上跟梁絮光聊天到一半，潘日晴突然直接來電，趙熙芸心中一驚，在女孩的目光下掙扎幾秒，決定接起來。

「趙熙芸？」

「對。」

「妳在捷運上？」

手機裡的潘日晴，聲音比平常還要低，像是另一個人。他聽見捷運車廂內的到站廣播。

「對。」就怕引起梁絮光誤會，趙熙芸不敢直接說出老師這兩個字，只能機械式地以單音回覆。

「那妳在哪個捷運站？」

聽到趙熙芸說出的站名，潘日晴接著道：「妳現在有沒有時間？老師有話想當面跟妳談。」

發現潘日晴竟找她見面，趙熙芸不得不再被他雷厲風行的行事作風嚇到，當下說不出半句拒絕的話。

她硬著頭皮答應了，結束通話後，她就對梁絜光說臨時有別的事，要在下一站轉車，最後兩人提前道別。

趙熙芸在二十分鐘後抵達一間超商，超商位於捷運站附近，四周商業大樓林立，偌大的座位區僅坐著幾名上班族，潘日晴還沒有到。

這裡離她的學區遠，她也沒來過這間超商，但為求謹慎，趙熙芸還是買了口罩戴上。

不久潘日晴現身了，還沒到座位區，就在大門前先跟她對到了眼。

看見趙熙芸的模樣，他問：「妳的病還沒好嗎？」

「沒有，我好了，只是……」她下意識又留意起進到店裡的客人。

看出她心裡所想，潘日情的表情似笑非笑。「這裡鮮少有我們學校的學生出沒，不會有熟人經過，妳大可放心。我覺得這件事可能不方便在學校談，才乾脆把妳約出來。」

未免也太乾脆了，趙熙芸在心裡這麼嘀咕。接著就聽男人切入正題，「妳姊姊是怎麼跟妳提起我的？」

「我能不能先請問老師，怎麼知道我姊姊有跟我提過你？」她反問。

「最初得知那名女學生其實是妳姊姊，我就有點在意。在那之後，妳突然問七月七日這日子跟我的關係，然後哭了起來。我覺得事有蹊蹺，查了一下妳姊姊的事，結果發現她出事那天，正好就是我回答妳的日子，我覺得這不是單純的巧合，才有了那樣的猜想。」

結果不是他故意隱瞞，也不是他再想起什麼，而是自己觀察出來的。

趙熙芸雖然覺得失落，卻也有一點鬆了口氣，本來七上八下的心情，一下子冷靜許多，慶幸自己有來聽答案。

「所以是怎麼一回事？」

然而潘日晴接下來的詢問，卻又讓趙熙芸陷入兩難。如果說出事實，一定會造成潘日晴極大的心理負擔。暗戀自己的女學生，故意在他的農曆生日，也是七夕情人節這一天自殺，真讓潘日晴聽到這種答案，她不敢想他會露出什麼樣的表情。

「趙熙芸，不用顧慮，妳可以儘管說出來。」

察覺到她的猶豫，潘日晴出言鼓勵。

一被他那樣認真注視，趙熙芸頓時也想不出可以順利瞞過他的說法，最終只得勉為其難說出真相，同時澄清趙依蓁並非生前提及過，而是在她死後，才讓妹妹得知這件事。

潘日晴聽完，整個人沉默很長一段時間，趙熙芸無法從他的臉上猜出他現在的心情。

「潘老師，對不起，我知道這可能很難，但希望你別放在心上。這是我姊姊自身的行為，跟你並沒有關係，我無意想讓你為難。」

「嗯，我明白。」

男人的目光落在趙熙芸臉上，眼底有著她無法辨明的情緒。「但妳就揣著這個秘密到現在？見到我之後，也沒想過來向我確認？」

「因為我不曉得怎麼開口，而且我並沒有潘老師跟姊姊接觸過的證據。僅靠姊姊給的線索，我很難證明你們之間真的有關係，就這樣跑去問你，我擔心會給老師造成很大的困擾。」她坦言。

潘日晴再度沉默，他輕靠著椅背，視線依然沒有從她眼中移開。

「如果是我，應該早就衝去質問對方了，但妳在這種情況下還能保持理性跟冷靜，很不簡單。」

聞言，趙熙芸遲疑。「潘老師是在讚美我？」

「當然，不然妳覺得我在諷刺妳？」

「哦。」她忽而不曉得怎麼反應，下意識回道：「謝謝老師。」

潘日晴笑了一聲，語氣透出好奇。「不過妳就這麼相信我說的話？不會懷疑老師對妳說謊？」

「我是懷疑過，但就像我剛剛說的，我沒有潘老師跟姊姊有關係的證據，所以就算老師真的對我撒了謊，我也不能拿老師怎麼樣。既然如此，我寧可相信老師說的是實話，因為我不想要往後的日子都必須抱著懷疑的心情面對老師，那樣會很辛苦。」

「這倒是。」潘日晴點點頭，話鋒一轉。「能不能說說妳姊姊的事？」

趙熙芸愣住，一時不太明白。「你是說什麼事？」

「任何事都行。像是妳姊姊是什麼樣的人？有什麼興趣？妳們的感情如何？還有這個問題可能會讓妳不太舒服，如果妳願意相信妳姊姊不是因為我而輕生，那妳覺得還有什麼原因，可能導致她這麼做？」

「……為什麼老師會想知道？」

「我想從現在起認識妳姊姊，若妳姊姊真的希望我能知道她的心意，所以才透露這些訊息給妳，這樣做就是有意義的，而且也永遠不會太遲。但如果妳會覺得難受，可以不必勉強。」

趙熙芸呆了一陣，潘日晴這番話，再度推翻她本來對他的印象。

她嚥嚥口水，鬆口對他的問題依序回應。「我姊很靦腆文靜，興趣是學日文。可能是我們相差六歲的關係，姊姊雖然對我很好，但有心事也無法跟我傾訴；姊姊輕生的原因，我無法斷言，只能猜想應該跟我爸媽給的壓力有關。我爸媽對姊姊非常嚴格，常為了課業成績斥責她，從我有印象開始，就覺得姊姊好像每天都在挨罵。但或許我也是她的壓力來源之一，爸媽經常拿我跟姊姊做比較。姊姊過世後，他們才後悔地互相指責，最後感情也變差了，現在兩人都不跟對方說話。」

「原來是這樣。」潘日晴低應，「所以妳是跟著妳姊姊那樣寫手帳的，包括學日文也是？」

「潘老師怎麼知道我有學日文？」

「上次在教室跟妳說話，我發現妳桌上有一本文庫本。說到這個，我有看到妳很認真地在埋首寫東西，妳當時就是在讀日文？」

「不是，我只是把文庫本裡的內容翻譯成中文而已。」

他微瞠目，「妳會翻譯？」

「只是隨便翻好玩的。我雖然學日文，對日本文化的熱愛卻不像姊姊那樣深，我只不過是偶然間發現翻譯這件事，對我而言比較有趣，除了可以動動腦，也可以轉移注意力跟打發時間。」她解釋。

「那妳有去報考日語檢定嗎？考到幾級了？」

「國二考到一級後，就沒再去考過了。」

潘日晴停頓了一下，「也就是說，妳其實對學日文沒興趣，但因為妳姊姊，妳還是讓自己在短時間內通過最難的考試了？」

趙熙芸被問得語塞，「潘老師覺得我這樣很奇怪？」

「不會啊，我很敬佩妳。妳都翻譯什麼？小說嗎？」

「對。」

「那有機會也讓我讀一下妳翻譯的文章吧，若妳覺得我的課很無聊，在我的課堂上翻也沒關係。」

「啊？」她傻住。

「不要緊，反正妳的成績一向很好，不必每堂課都這麼認真。」
「不是這個問題，為什麼潘老師要看我翻譯的文章？」
「因為我想看啊，不然還有什麼理由？」
趙熙芸無言以對。
就在這時，突然有一名跟潘日晴差不多年紀的男子，走過來跟他打招呼。
對方好奇看了趙熙芸一眼，「她是？」
「我表妹，她今天來找我。」
潘日晴面不改色地撒謊，兩人寒暄幾句後，潘日晴在對方離開後主動跟趙熙芸說明。「他是我朋友，在這附近上班。」
「潘老師不是說不會遇到熟人？」她剛才一度有點緊張。
「我指的是妳的熟人。」
他又知道她的熟人一定不會出現了？趙熙芸差點就要吐槽，這個人不僅大膽，甚至還有點亂來。
「我以為潘老師是個很謹慎的人。」
「為什麼？」
「因為平常在學校，我感覺你會跟學生保持距離，沒見過你跟哪個學生有太多互動。」

但現在他不但對她特別關心，還會毫無顧忌地私下約她見面。想到先前種種令她難以理解的行為，難不成，他不是第一次做這種事？

「妳知不知道妳現在的眼神已經洩漏妳的想法？我平常可不會私下約學生出去。我會跟學生保持距離，只是不想在最後這段期間惹上麻煩。」

「最後？」

「對，下學期結束，我就會離開學校了。我之所以決定私下找妳，只是想把事情弄清楚。我不喜歡惹麻煩，但更不喜歡帶著疑問離開，所以妳不需要太介意。」

意外得知潘日晴將離職，趙熙芸不由得啞然。

「潘老師為何要離開學校？」

「也沒什麼特別的原因，只是有其他的人生規劃。這個消息我還沒打算說出來，所以麻煩妳先替我瞞著了。我很慶幸可以在離開前給妳一個答案，要不然妳恐怕會一直帶著這個秘密過下去。我不希望這樣。」他翹起唇角。

趙熙芸默默看著男人半晌，點點頭。

「我知道了，我不會說出去的。謝謝潘老師願意回答我。」

「不客氣，也謝謝妳今天願意來見我。等等回去路上小心點。」

跟潘日晴分開後，趙熙芸當天晚上再拿出姊姊的手帳，看她最後留下的那兩段文字，以及潘日晴的照片。

沒想到會這麼巧，她進入這所學校的第一年，正好就是潘日晴任教的最後一年。再晚一年，她就會跟他錯過，真相也會石沉大海。

與潘日晴這一聊，她覺得釋懷許多，對趙依蓁也已沒有埋怨，只希望如今姊姊在天上，已經不會再有遺憾。

□

原本以為跟潘日晴不會再有課堂以外的交集，沒想到從下學期開始，她跟潘日晴竟變成會私下用 Line 聊天的關係。

起因是潘日晴說過想看她翻譯的文章，趙熙芸本來以為對方只是隨便說說，沒想到在那之後，他還真的透過簡訊向她索討，趙熙芸只得在百般無奈之下，趁著去導師室辦事時，偷偷把她用來翻譯的筆記本放在潘日晴桌上。

從此，潘日晴三不五時就來向她「催稿」，甚至跟她要了 Line，以便隨時催討。

潘日晴：為什麼又剛好斷在這種地方？下一篇什麼時候翻完？

趙熙芸：最近暫時不會翻，快考試了，我得開始準備才行。

潘日晴：那不就表示要等很久？不然妳就在下次的數學課上先翻一點給我好了。

趙熙芸：我怎麼可能這麼做？你這麼急著想看後續的話，就耐心等一個月。我聽說這本書下個月底要在台灣出版了，你買了可以一次讀完。

潘日晴：講什麼傻話，這樣感覺都不對了。我早說過妳可以在我課堂上翻譯，一次不專心上課又不會怎樣，別這麼死腦筋。

趙熙芸：這是身為老師該說的話嗎？不能因為你快要離職，就連老師的本分都不顧了吧？

潘日晴：就是身為老師才會鼓勵妳堅持到底，不能三天打魚，兩天曬網。妳不懂老師的用心良苦。

分明就是假公濟私吧。趙熙芸覺得好氣又好笑。

隨著二人變熟，潘日晴在她面前也漸漸出現更多平常在學校看不見的一面，不但沒有身為老師的樣子，還常有無理取鬧的任性行為，這也使得趙熙芸回應他的態度越來越直接。兩人在Line上的對話內容，一點都不像是師生關係，反而像是朋友。

雖然潘日晴的本性其實很囉唆也很煩，但看到對方完全不介意她那拙劣不專業的翻譯，強烈支持著她的興趣，趙熙芸心裡還是感動的，甚至因為潘日晴而湧起前所未有的動力，希望能在學期結束前，讓他順利看到故事的結局。

趙熙芸生日那天正值週日，白天她跟田莫嵐及梁絜光三人出去遊玩兼慶生，下午就收到了潘日晴的Line，約她今天忙完後，到兩人第一次約見面的超商。

趙熙芸七點赴約，潘日晴就坐在上一次的座位。

「生日禮物。」他笑吟吟遞給她一份包裝精美的小禮，「妳想吃蛋糕嗎？我可以在這裡用杯子蛋糕幫妳做個生日蛋糕塔。」

「不用了啦。」

趙熙芸不禁盯了禮物幾秒，忽然覺得能從這個人手中得到生日禮物，是件不可思議的事。「謝謝，沒想到潘老師還挺細心的，只是一樣不謹慎。」

「我哪裡不謹慎？」

「你又私下約女學生見面，就是不謹慎。要是潘老師哪天害我被誤會，我可不會輕易讓你拍拍屁股就離開學校哦。」

「聽起來好可怕，原來妳是這種人嗎？」他笑起來。

「我只是平常懶得計較，但若有人真的踩到我地雷，我還是會報仇的。」

「妳的地雷是什麼？」

「欺負我重視的人。還有，故意無中生有，捏造關於我的惡意謠言，還到處散播，破壞我名聲的事。」

「聽妳這樣說，好像真的不得不換個地方聊了，走吧。」他旋即起身。

「去哪裡？」

「我家。」

看見趙熙芸的眼神，潘日晴笑著馬上接下去。「我是說我家附近的一座河濱公園，我每天下班都會去那裡跑步，從沒看過我們學校的學生在那裡，我保證那裡很安全。」

「潘老師選擇換跑道是對的，你真的不太適合當老師。」

聽到趙熙芸的吐槽，潘日晴倒也不以為意，表情看上去竟像是也認同。

謹慎的趙熙芸選擇繼續戴口罩，兩人在河濱公園散步時，潘日晴說出下週就會向學生公布只做到這學期的消息。

當時已是四月底，這時通知大家，想必會引起不小的騷動。而他這一提，趙熙芸才漸漸有了潘日晴要離開的真實感。
「潘老師離職後要做什麼?」
「還沒想到，但我會先回去高雄老家，陪我母親一段時間，然後再看看能不能出國旅遊個一兩年吧。」
趙熙芸沉吟片刻，「潘老師為什麼會選擇當老師?」
「我父親要我當的，他覺得鐵飯碗比較有保障。他過世後，我就有了離職的念頭。」
「潘老師是獨生子嗎?」
「不是，我有兩個哥哥及一個姊姊。妳聽到我當老師的理由，不覺得失望?」
「不會，我反而覺得潘老師可以勇敢放棄自己不想走的路，是件好事。」
趙熙芸心裡感慨，覺得姊姊若能生長在更自由開放的家庭裡，或許命運就會變得不同。
像是感應到她的想法，潘日晴說：「妳是想到妳姊姊了吧?現在大概只有妳會這麼對我說了。我家人得知這件事都在罵我笨，連身邊已經結婚的朋友們，也在說我傻。」
「我覺得潘老師的家人跟朋友是擔心你才這麼說，但從我的角度看，我認為潘老師沒有做錯什麼。不過我曾經以為，潘老師其實是受夠我們這些學生，才會想離開。」

「為什麼？」他笑了。

「因為你說過，你是不想在離職前這段期間惹上麻煩，才跟學生保持距離，我就猜想你應該被學生找過麻煩。」

「妳還記得我說過這些啊？」

「記得，所以是真的？你有被學生找過麻煩？可以舉個例嗎？」

潘日晴嘆口氣，「其中一件是我來學校教課第二年發生的事，有一對感情很要好的高二女學生，兩個人都暗戀我，其中一個寫信跟我表白，被另一個知道了，雙方就在教室裡把彼此打得渾身是傷，引起軒然大波，鬧到家長都找上門來。」

「潘老師現在是在炫耀有女學生為你爭風吃醋嗎？」

「我沒炫耀，事實就是如此，而且我一點都不覺得這值得炫耀，因為事後我被家長罵到臭頭，也被學生指指點點，被傳誘惑女學生。我什麼也沒做，就蹚入這種渾水，那時起我就覺得，這些學生真的是麻煩死了。」

聽出潘日晴的語氣還有著怨念，趙熙芸不自禁笑了起來。

「進這一行多少會遇到各式各樣棘手的學生，但在這之中，我最怕遇上的，是像妳這樣的學生。」

「我？」她微怔。

「嗯，我帶過一名男學生，他讀大學的哥哥疑似感情因素自殺了。他跟哥哥的感情很好，又是第一個發現哥哥死亡的，擔心他走不出打擊，他的父母請我幫忙照看他的身心狀況。但這名男學生始終表現得很開朗，課業也沒退步，看不出需要擔心的地方。某天放學他一如往常跟我道別，聽說就再也沒回家，最後警察在他哥哥自殺的地點找到他，當時他已經沒有呼吸心跳，雖然最後撿回一命，但聽說下半身癱瘓了，後來他退學搬家，我沒再見過他，不知道他現在在哪裡，過得怎麼樣。」

這個悲傷的熟悉故事讓趙熙芸慢慢明白了什麼。

「所以潘老師會來關心我，是因為覺得我和那名男學生很像，你擔心我也會步上姊姊的後塵？」

「可以這麼說，因此當我知道妳姊姊的事，自然會特別敏感。再加上妳的個性又比一般同齡生還要早熟，有時看妳表現得越平常，我反而會越忐忑。這件往事影響我很深，也是讓我決定離開教職的原因之一。妳可能會覺得老師膽小，但我確實是因此認清自己不適合繼續當老師。不管過多少年，再遇到相同的事，我還是會恐懼，而我自認沒辦法再承受這種恐懼。所以這段時間，妳若覺得老師很煩很纏人，對我感到生氣，也希望妳願意原諒老師。因為老師並不是一個很成熟的人。」

趙熙芸安靜聽完，過了很久才答話。

「潘老師確實很無理取鬧，也很不成熟，但我不覺得潘老師膽小。如果你真的膽小，在你知道我姊姊的事情之後，應該會離我遠遠的，而不是一直來關心我了吧？所以我對潘老師還是有點信心，也希望老師能對我有點信心，願意相信我會愛惜自己的生命，不會做出害你擔心的事。」她一邊說，一邊抬手輕拍了對方的手臂兩下，作為安撫。

「趙熙芸，妳到底幾歲？」潘日晴哭笑不得。

「今天正好滿十七，怎麼了嗎？」

「我覺得妳好像比我適合當老師。」

「我也是這麼想，可惜我跟潘老師一樣，不想當老師。」

「妳還挺會揶揄人。那妳想做什麼？」

「不知道……我還沒有什麼想法。我本身興趣並不多，也沒什麼特別想做的事。」

「不急，就從現在起慢慢尋找就好。等妳出社會後再見到妳，希望妳已經在做自己真心喜歡的事，而不是繼續做妳姊姊喜歡的事。我會拭目以待的。」

「潘老師的意思是以後還想再見到我嗎？」趙熙芸打從心底好奇。

「當然，妳是我最期待再見到的學生。」

潘日晴深深一笑。

晚上回到家，趙熙芸打開潘日晴送給她的生日禮物，發現是兩張復古別緻的精美書籤，她曾跟梁絮光在書店裡看過這款高級書籤，一張就要價不菲。

潘日晴即將離開學校的消息一傳開，田莫嵐就笑著跟趙熙芸說有一堆女學生很傷心，趙熙芸聽了也只是聳聳肩，繼續專注於手邊的翻譯工作。

學期結束那天晚上，趙熙芸正想要傳 Line 給潘日晴，潘日晴卻搶先一步聯絡了她。

潘日晴：我明天早上就會回高雄嘍。

趙熙芸：我知道啊，你早就說過了。

潘日晴：八月我會再到台北一趟，七夕那天妳有空嗎？可不可以把妳姊姊的手帳帶出來給我看看？

趙熙芸不知道潘日晴有何打算，但她還是答應了，知道今後很難再見到他，她便不想錯過這個機會。

七夕那天，她見到潘日晴。懷疑高雄的陽光太烈了，才一個多月，他就黑了不少，但很有精神，笑容也比之前燦爛許多。

除了看趙依蓁的手帳，潘日晴也表示希望能去看看趙依蓁的墓，趙熙芸同意了，於是兩人在大晴天中一同前去趙依蓁長眠的地方。

潘日晴就在趙依蓁的墓前，將趙依蓁的手帳看完了，包括那一張照片。

趙熙芸發現，潘日晴的目光在姊姊寫的那兩句話駐留了特別久。

「潘老師是為了姊姊特地來的嗎？」

「是啊，我無論如何都想在這一天來跟妳姊姊說幾句話。」

「你跟姊姊說了什麼？」

「我跟她說，謝謝妳喜歡我，也謝謝她讓我認識了妳，希望今後她能夠繼續守護著妳。」

潘日晴這一番話，讓趙熙芸鼻頭發酸，莫名地想哭。

她忽然很慶幸姊姊喜歡的人是潘日晴，也很高興能在自己的青春裡，跟姊姊遇見了同一個人。

趙熙芸在這天將趙依蓁的手帳燒掉，含著淚輕輕告訴對方，她說不出口的感情，終於在這一天得到了回應。

姊姊，祝妳七夕情人節快樂。

潘日晴當晚就要搭乘高鐵返回高雄，趙熙芸特地去送他一程。

「潘老師，那本小說我在學期結束那晚才翻完，本來想等你去高雄後，再問要不要寄給你，但你說你七夕要來，我就決定在這天給你了，如果你已經不需要——」

「說什麼傻話？我當然要，妳知不知道我等了多久？」潘日晴想也不想就拿走她手中的筆記本。

「但我翻譯的內容可能有很多都是錯誤的。」

「我不在意，就算錯了，我也比較喜歡錯誤的版本。」他對她笑了笑，「好好讀書，快快長大。我們保持聯絡，我若再來台北，我會去見妳。在那之前要好好保重喔。」

潘日晴第一次伸手摸摸她的頭，就帶著笑容走出她的視線。

□

「然後呢？你們之後就沒有任何發展了？」在趙熙芸家聽完整個故事的戴玲玲，瞪大了眼睛問。

「能有什麼進展？我那時才要升高二耶。」

「那又怎樣？我整段聽下來，都覺得你們那時根本是在談戀愛了，你們的對話有一堆分明就是在互撩呀，怎麼會沒有進展呢？」

「哪有互撩啦？妳在亂講什麼。」趙熙芸哭笑不得。

「那妳說，妳真的沒有喜歡過潘日晴嗎？」戴玲玲驀地犀利一問。

趙熙芸停頓幾秒微笑回答：「有，但我發現時，已經太遲了。」

「為什麼？」她驚訝。

「我跟潘老師分開後，一直都有持續聯絡，他再來台北也都有找我。但高三時，我接到一個女人的電話，對方劈頭就跟我說，她是潘老師的女朋友，要我不准再跟他聯絡。」

「真的假的？所以妳就發現自己喜歡上他了？」

「差不多就是這樣。」

「妳有向潘日晴本人求證嗎？」

「沒有，因為那時發生很多事……妳知道的，我爸媽在那一年離婚，絮光又因為莫嵐而跟著疏遠了我，加上大考的壓力，我的心情經常處在低落的狀態，結果那時又接到那通電話，我發現自己比我想像中更難過更痛苦，這才發現我原來早就喜歡上潘老師。不是因為姊姊的關係，而是我真的喜歡他。只是當我被對方那樣辱罵一頓後，深深覺得自尊受損，甚至忍不住生潘老師的氣，不管那女人到底是不是潘老師的女友，我都無法接受潘老師把我們的事告訴對方，一心感覺被背叛了。於是我就賭氣，開始拒接潘老師的電話，他傳Line給我，我也不回應。」

戴玲玲皺起眉頭，「天哪，這的確是熙芸妳的大地雷。不過妳也太慘了，所有壞事都在同一時間來。然後呢？你們就這樣不再聯繫了？」

「只是變得少聯絡了。當時我覺得自己失戀了，若繼續喜歡他的話會很痛苦，後來我就變得對潘老師很冷淡，他感覺到我對他愛理不理，也沒有說什麼，或許他覺得我對他厭煩了吧，後來他只在新年、我生日以及七夕這三個日子問候我。大二的時候，我又開始翻一些日文文章，並把自己翻譯的內容放在部落格上，我在那段過程中想起很多跟潘老師的事，這才發覺自己實在過分，也太幼稚了。後來我才主動在他生日那天傳 Line 祝賀他，潘老師很高興，我們的關係也稍微好轉，但也就到這裡為止，遲遲沒有再更進一步的發展。」

「他現在沒有女朋友嗎？」

「大三時我問過他，他說沒有，現在就不知道了。我感覺他就算有也不會主動跟我說，反而是他會問我有沒有男朋友了。」

「齁，不明不白的，讓人很焦急耶！」此時戴玲玲靈光一閃，「等等，妳剛才說每年七夕他都會問候妳對吧？他今天聯繫妳了嗎？」

「還沒有，但這次我想先聯繫他，我想告訴他我第一本翻譯書要出版的事。畢竟是託他的福，我放在網路上的文章，才有機會被出版社的編輯發現，進而得到這個機會。我一直沒有跟他透露這些事，想給他一個驚喜。」

「那好！」

戴玲玲突然來到她面前，雙手放在她肩上，正色說：「趙熙芸，妳現在打給潘日晴，除了告訴他這件事，也問他有沒有女朋友？如果沒有，妳就把當年妳不理他的原因全部告訴他，包括妳喜歡他的事。」

趙熙芸愣住，笑了笑。「妳不會是說真的吧？」

「當然是真的，我們就來賭，若他說他有女朋友，妳就什麼也別說。但若沒有，妳通通告訴他，一個字也不要瞞，最後一定要告訴他，妳還喜歡他！」

「但這也太突然了吧？而且我覺得現在這樣就很好……」

「趙熙芸，妳還想再後悔嗎？」戴玲玲放在她肩上的力道加重，「這樣一點也不像妳，我知道妳會害怕，但妳真的該多多珍惜自己的心情，我希望妳幸福！現在還不會太遲，就算潘日晴拒絕妳，你們也不至於不再聯絡，但妳現在不說，他就永遠不會知道了。給妳自己一個機會吧！」

趙熙芸被她震懾得動彈不得，思緒一片空白。

在戴玲玲緊盯的視線下，趙熙芸整個人變得緊張起來，她直接撥出潘日晴的電話，對方很快就接了。

「我正要傳 Line 給妳呢。」潘日晴不變的嗓音裹著笑意，「妳怎麼會直接打過來？莫非是有什麼事？」

「嗯……對，我有一件事想跟潘老師說。」

將第一本翻譯作品出版的事告訴對方後，潘日晴就如趙熙芸料想的非常高興。

「太好了，我以前就覺得妳很適合走這條路，恭喜妳。」

「謝謝。」見戴玲玲不斷比手畫腳，用誇張的嘴型要她說出來，趙熙芸只能硬著頭皮啟口：「那個，潘老師，我問你，你現在還沒有女朋友嗎？」

潘日晴又笑，「還沒有啊，怎麼了？」

趙熙芸的心跳瞬間漏跳幾拍，戴玲玲從她染紅的雙頰得知潘日晴的答案，興奮地要她進入重點。趙熙芸便再跟他提起從前的事，將高三那年發生的事全數告訴了他。

潘日晴震驚之餘，馬上解釋當年打電話罵她的女生不是他的女朋友，應該是當時喜歡他的某個女性友人做的。

「妳怎麼完全不跟我說？」

「因為我那時太生氣也太難過，不知道怎麼面對潘老師，才會下意識開始躲避你。」

「原來是這樣，我還以為……」潘日晴沒有說出後面的話，「但妳怎麼就這樣不理我了呢？至少給我一個機會解釋啊。」

「因為我當時逃避你，還有一個重要原因。」

趙熙芸清楚聽見自己的心跳聲，「我發現自己喜歡上潘老師。」

潘日晴霎時沒了聲音，想必是愣住了。

趙熙芸一不做二不休，「而且我現在還是喜歡你。」

下一刻，她看見戴玲玲發出無聲的尖叫，激動得對她豎起兩根大拇指。

約莫半分鐘，潘日晴帶笑的聲音再度傳來。

「趙熙芸，妳嚇到我了耶。」

「就當作是潘老師當年害我難過的懲罰吧，雖然你是無辜的。你不必回應我沒關係，我只是想說出來而已。」一說完這句，趙熙芸就被戴玲玲不滿地打了下肩膀。

「真的？妳不想聽我的回應？」

「我……」

「妳今晚有事嗎？」

「咦？」她幾秒後才反應過來，「沒、沒有，為什麼這麼問？」

「因為我準備去找妳啊。妳記不記得我說過，等妳出社會，我們會再見面，今天就是那一天。如果妳想更快聽見我的回答，歡迎妳來車站接我。」

通話結束後，趙熙芸把潘日晴的話轉述給戴玲玲聽。戴玲玲開心到不斷在屋子裡跳來跳去，不斷大喊雞婆是好事、雞婆萬歲。

今年的七夕，趙熙芸沒有在行事曆中繼續空著這一天。

她最後在這日子的空白格裡，用黃色奇異筆畫上一顆小小的太陽。

因為這一天，是七月七日晴。

後記

〈只留給妳的三分鐘〉

如果兩個人之間必須有那麼一座鵲橋，究竟有多少個七夕能夠被等待？

從以前我就時常想著，當心中懷抱著喜歡，總會設法朝對方走近一點，縱使只是一公分也好，但現實中卻有太多時候，我們顧慮著各種理由而躊躇不前，甚至，察覺到喜歡之後會不安地往後退。

於是鵲橋成了一種理由。

因為沒有能通往對方的一座橋，所以站在原地的我也是沒有辦法的，但某一天眼前突然架起了一座橋，卻又害怕著，這份感情會不會只在七夕的夜裡燃起火光。

故事裡的她是這樣，可能有許許多多的她都是這樣，我想，我或許也是這樣，於是藉由故事稍微提醒自己，也稍微給自己一點勇氣，偶爾也能像那個他一樣，奮力地用每一個三分鐘去追尋、那些未曾被自己放棄的某些什麼。

Sophia

〈初七〉

愛的人終會回來

很久之前我曾經在粉專畫過一張圖。

「所謂的七夕，不過是鬼門開第七天。」

所以在想要創作七夕相關題材時，便決定要用這概念啦，讓愛情與鬼月融合。

鬼月回來的，是妳念念不忘的那位，不見得是人，但也是妳曾經付出愛著的生物。

我們的寵物。

當然對陳奕而言，他說他的愛，是愛情。但狗的愛情更加大愛，希望主人幸福。

而且還回來接陳恩一起走，嗚嗚，好想哭（自己說XD）。

繼白色情人節《聽你說愛我》中的〈二十戀〉到現在《夏日告白》中的〈初七〉與大家見面。

很高興有這個機會能和每位厲害的作者朋友一同完成這本合集，也謝謝你們的購買和支持。

我們在創作路上，都會持續邁進的！

希望你們喜歡這個故事。

尾巴

〈七夕〉

中國情人節，七夕有許多故事，牛郎織女的故事看似浪漫，但真的都沒有覺得有點怪怪的嗎？一年只能見一次面都沒有變心，那個年代還沒有手機跟電腦喔，這兩個人應該是生活在沒有其他人的無人島上吧，不然怎麼可能維持感情呢？就算天天在一起的情人，感情都還是會消散，更何況是一年見一次面咧？

神話跟童話就是離譜……好，我承認我沒有浪漫細胞。

不過由此發想，這次寫了真的一年只見一次面的兩人，但他們平常可是有交流情感的喔～這才正常嘛！故事裡我寫了一個「去死團」，我自己很喜歡這個社團，這是因為想起以前在網路上曾看過，有一大群人合夥在情人節時訂電影票，選位時硬選一、三、五、七、九這樣的位置，硬生生把情侶分開，展現出去死團的精髓。

至於這種錯過的小倆口呢，我之前身邊就有類似的情況，朋友群中有人明明互有好感，但卻都認定對方只把自己當「兄弟」，所以誰都沒開口；彼此身邊都一直有戀人，兜兜轉轉十幾年後，居然在一次意外中知道了兩人都喜歡彼此，接著就是火速結婚。

我想，這就是妙不可言的緣分使然吧。

現在是二〇二一年的六月中，台灣正陷入新冠肺炎疫情危機，我真希望七夕時，三級已解封，至少大家能在這疫情下，過一個美好的情人節吧！

最後感謝購買本書的您，購書才是對作者最實質且直接的支持，沒有您們的購書，作者便無法繼續書寫，萬分感謝、銘感五內！謝謝！

笭菁

〈七月七日晴〉

完成上一本合集《聽你說愛我》的〈一瞬之光〉後，很快就決定好這次要寫的是趙熙芸的故事。

一直很想寫師生戀的故事，寫完〈七月七日晴〉後，總覺得不太夠，要是還有機會再寫更長一點的故事就好了呢。

二〇二一年是各方面都辛苦的一年，看著筆下的角色們可以不戴口罩談戀愛，實在是羨慕不已。過去我們習以為常的事，如今看來是多麼的珍貴。

珍惜身邊擁有的一切，勇敢對你愛的人說愛吧！

祝大家七夕情人節快樂。

希望大家都能健健康康。

晨羽

All about Love ／ *36*

夏日告白

國家圖書館出版品預行編目資料
夏日告白 ／ Sophia、尾巴、笭菁、晨羽 著.
— 初版. — 臺北市 ： 春天出版國際, 2021.08
面； 公分. —（All about Love ；36）
ISBN 978-957-741-382-6（平裝）
863.57　　　　　　　　110010920

ISBN 978-957-741-382-6
Printed in Taiwan

作　者　Sophia、尾巴、笭菁、晨羽
總編輯　莊宜勳
企劃主編　鍾靈
責任編輯　黃郁潔

出版者　春天出版國際文化有限公司
地　址　台北市大安區忠孝東路四段303號4樓之1
電　話　02-7733-4070
傳　真　02-7733-4069
E－mail　frank.spring@msa.hinet.net
網　址　http://www.bookspring.com.tw
部落格　http://blog.pixnet.net/bookspring
郵政帳號　19705538
戶　名　春天出版國際文化有限公司
法律顧問　蕭顯忠律師事務所
出版日期　二〇二一年八月初版
定　價　340元

總經銷　楨德圖書事業有限公司
地　址　新北市新店區中興路二段196號8樓
電　話　02-8919-3186
傳　真　02-8914-5524